五条路地裏ジャスミン荘の伝言板

柏井　壽

幻冬舎文庫

五条路地裏
ジャスミン荘の
伝言板

柏井 壽

ジャスミン荘の住人

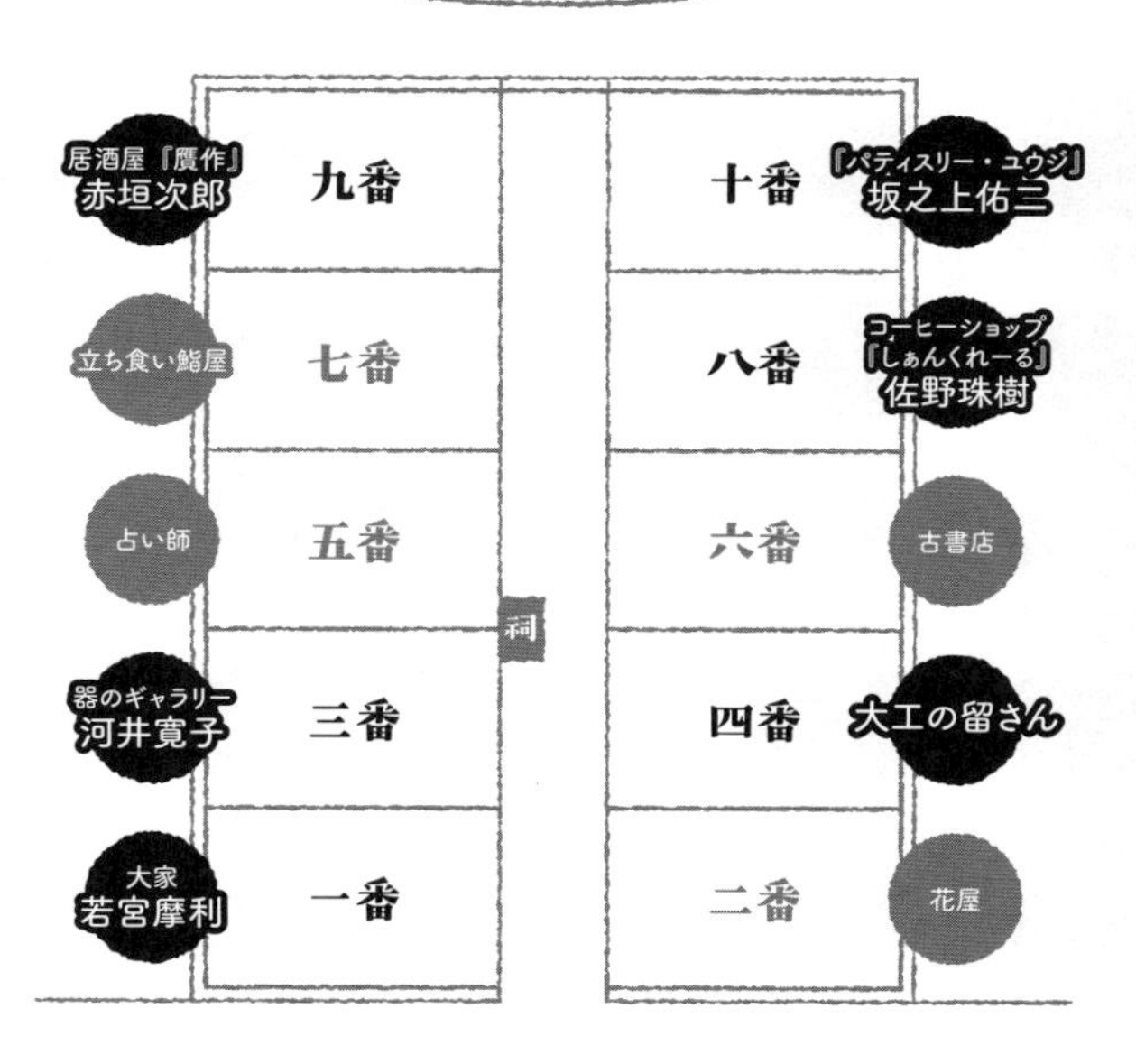
居酒屋『贋作』
赤垣次郎
九番
十番
『パティスリー・ユウジ』
坂之上佑二
立ち食い鮨屋
七番
八番
コーヒーショップ
『しぁんくれーる』
佐野珠樹
占い師
五番
六番
古書店
祠
器のギャラリー
河井寛子
三番
四番
大工の留さん
大家
若宮摩利
一番
二番
花屋

京都府警
洛東署の刑事

鬼塚太郎
東山久彦

イラスト　細居美恵子

本文デザイン・図版作成　木村デザイン・ラボ

プロローグ

　九月五日。朝六時十三分。この部屋に住み着いてから九十九日目の朝を迎えた。『ジャスミン荘』の大家、若宮摩利はピンクのパジャマのまま、いつもの朝と同じようにトーストをかじり、壁掛けのカレンダーに星印のシールを貼る。日付の上に貼ったシールは九十九枚を数えた。

「よし。あと九百一日だ。今日も元気でパンが美味しい」

　掌でシールを二度ほど叩き、摩利は電気ケトルのスイッチを押した。

『ジャスミン荘』は、松原通と八坂通の間の細道から、更に入り込んだ路地に建っている。車の音はもちろん、人の声すらほとんど届かない。いつもしんと静まり返っているが、朝早くは尚いっそうのこと。

『開化堂』のブリキの茶筒を水屋から取り出し、スポンと蓋を開けて、ほうじ茶を急須にさらさらと注ぎ入れる。こんなささやかな音も、長屋の外にまで響いていそうな静けさだ。

トースト用のパンは『柳月堂』、ほうじ茶は『柳桜園』と決めている。あれこれ買って試してみて、今一番気に入っている取り合わせだ。たまたま、どちらも屋号に柳が付いているが、まったくの偶然で、特に意味はない。

トーストは必ず二枚。一枚目には『ミール・ミィ』のミルクジャムを塗り、二枚目はほうじ茶オレに浸しながら食べるというのが、摩利のマイブームだ。

リサイクルショップで買ってきた、お気に入りのちゃぶ台に京都新聞を広げて、隅から隅まで読む。気になる記事があればハサミで切り取ってノートに貼る。毎朝の儀式のようなものだ。今朝切り抜いたのは、小さな寺で開かれていた手作り市が廃止になるという記事である。

ほうじ茶オレに浸したトーストから滴が落ち、テレビ欄にシミが広がっていく。

「また、やっちゃった」

ティッシュで拭き取りながら、摩利は小さく肩をすくめた。

トーストを食べ終えた後は、干菓子をお供にしてほうじ茶オレをお代わりするというのも毎朝の習慣。干菓子は決まって『亀屋久満』製。和三盆糖の上品な甘さと季節をかたどった愛らしい形は摩利のお気に入りだ。今朝の干菓子は黄色い月うさぎと白菊。昨日買ってきたばかりのものを五個、ベトナムから持ってきた『ミンロン』の小皿に並べた。

いつか必ず和菓子の本を出版しようと思っている摩利は、『亀屋久満』の主人である龍嵜(りゅうざき)謙三(けんぞう)を勝手に師とあおいでいる。干菓子の多くは実物そっくりに作られるが、龍嵜はそのために押し花を集めたノートや、昆虫標本まで作っているというから、尊敬せざるを得ない。尊敬が高じて、今やストーカーのごとくつきまとう始末で、昨日も店の奥にある工房へ入り込んで、あれこれ質問をして面倒がられたことを摩利は思いだしていた。

後片づけを済ませた摩利は、ピンクのパジャマから、ホットパンツにTシャツという、いつものスタイルに着替えた。

ジーンズを自分で短く切ったホットパンツは大のお気に入りで、短く切った髪とともに、摩利のトレードマークにもなっている。スニーカーも白なら、VネックのTシャツも真っ白。よほど改まった場所でもない限りは、外出するときも、家の中でも、いつもこの格好だ。

摩利は茶の間を出て土間に下りると、洗面台の前に立った。鏡に向かって軽くほほ笑んでから、電動歯ブラシを手に、ガラガラと引き戸を開けて路地に出る。朝の澄んだ空気を思いきり吸い込んで、摩利は大きく伸びをした。

集合ポストの〈一番〉を覗き込み、空っぽなのをたしかめてから、ポストの向かい側の伝言板へ向かってスキップした。

『ジャスミン荘』は、近所の住民からは十軒長屋とも呼ばれていて、狭い路地を挟んで片側に五軒ずつ、両側合わせて十軒が並んでいる。

摩利が大家になる前は『轆轤荘』という名前だったが、ドクロと聞こえて気味が悪いので、摩利の一存で『ジャスミン荘』と呼び名を変えたのである。

入口に伝言板を掛けたのも摩利だ。住人たちは毎晩ここに何かしらを書き込む決まりになっている。

緑の黒板は、白い線で十の区画に区切られ、それぞれ番号がふってある。〈一番〉は摩利の場所だ。

――あしたも良いお天気になりますように――

尻ポケットからスマホを取り出した摩利は、伝言板にカメラを向けた。

「代わり映えしないな。今日は違うこと書かなきゃ」

左手を腰に、右手で電動歯ブラシを前歯に当て、ブルブル震わせながら、順に読んでいく。

ふと〈九番〉で目を留めた。

――勝手ながら明日は休ませていただきます――

「なんだ、次郎さんち、今夜はお休みなんだ」

次郎さんち、とは『ジャスミン荘』の一番奥にある居酒屋『贋作』のことで、主人の名が赤垣次郎なのだ。摩利は殆ど毎日、この店で遅い夕食を摂っている。今夜の食事をどうしようかと考えながら、伝言板を目で追うと、〈十番〉が空白になっていた。

「ありゃりゃ。坂之上さん、書いてくれてない。昨夜は、ちゃんと書きます、って言ってたのに」

　摩利が両頬を膨らませた。

　坂之上佑二は『ジャスミン荘』の新顔で、先月越してきたばかりのケーキ職人だ。『パティスリー・ユウジ』という店を来週オープンすることになっている。オープンを間近に控えて忙しいのだろうが、こういうことは最初が肝心だ。決まりごとを守れないと長屋の和が乱れる。そう思って摩利は歯ブラシを置きに戻り、化粧を直した。

「大家として、ひとこと言っておかないとね」

　薄く口紅を引いた後、鏡に向かって険しい顔を作った。

　路地の真ん中に敷かれた石畳を、摩利は小走りで奥へと向かう。突き当たり、『贋作』の真向いが坂之上の住む〈十番〉である。一週間後の開店に間に合うのだろうかと心配になるほど乱雑な様子が、ガラス戸越しに見える。

　住まいになっている二階からは明かりが漏れ、音楽が聞こえている。クライスラーの〈美しきロスマリン〉は、摩利には長屋にふさわしい曲だとは思えなかったが、それはそれとして、昨日は深夜遅くまで作業をしていた様子だったのに、朝はちゃんと早くから起きているのは、さすがカリスマ・パティシエと呼ばれるだけのことはある。感心しながら摩利はガラス戸をノックした。

三度。四度。五度。何度叩いても、まるで反応がない。音楽が邪魔になって聞こえていないのだろうか。摩利が引き戸に手を掛けると、思いがけずスーッと横に開いた。

「坂之上さん」

高い小さな声で摩利が呼んだ。

相変わらず反応はない。近所を気遣って声を落としていた摩利が、声を張り上げようとして、あっと息を呑み、大きく目を見開いた。

階段の下に、紐のようなものを首に巻きつけた坂之上が、白目を剝いたまま倒れている。

いくら世事に疎い摩利でも、これがどういう状況を表しているかは分かる。胸が破裂するのではないかと思うほど、激しく動悸がし、足が震え始めた。声を上げようとしたが、乾き切った喉からはヒューヒューと息が漏れ出るばかりだ。ありったけの力を込めて悲鳴を上げると、摩利は膝(ひざ)から崩れ落ちた。

間髪を容れず、『贋作』の戸が開き、パジャマ姿の次郎が飛び出してきた。

「どないしたんです」

腰を抜かしている摩利は、地べたに座り込んだまま顔だけを次郎に向けた。

「あ、あれ。あれ」

階段の下を指差した。

「ばけもんでも出ましたんか」

次郎が〈十番〉の階段を見て目玉を剝いた。

「坂之上はん……」

第一話

モンブランの涙

1.

やっぱり大家になんかならなきゃよかった。朝からずっとそう思い続けていた。

ベトナムで平和な大学生活を送っていたわたしの人生を大きく変えてしまったのは、叔父の若宮林蔵（りんぞう）だ。あれは、忘れもしない三年前のクリスマスのランチタイム。

ホーチミンにやってきた林蔵は、ビッグなクリスマスプレゼントを持ってきたぞ、と誇らしげな顔をして、レストランのテーブルにアパートの見取り図を広げた。呆気にとられているわたしに、林蔵はこのアパートを所有していて、自分が死んだらこれをプレゼントすると言い出した。

「これはわしの親父が建てたもんでな、十軒長屋てみんなが呼んどるんや。長屋て言うても居酒屋もあるし喫茶店もある。まぁ、ちょっとしたカフェストリートや。場所も一等地やで。京都市　東山（ひがしやま）区っちゅうてな、かの有名な『清水寺（きよみずでら）』もすぐ近くや」

林蔵は見取り図を畳んでから地図を広げた。

父親の仕事の関係で、三歳のときにベトナムに移り住んだわたしにとって、日本はずっと憧れの地だった。五年前に事故で亡くなった両親は、わたしの極端な日本びいきに、いつもあきれ返っていた。

林蔵はわたしのことを、日本にやってくる外国人観光客くらいにしか思っていない。だから手土産だって、ホーチミンのデパートでも売っている『五条備前屋（ごじょうびぜんや）』の抹茶羊羹なのだ。

ホーチミンの大学でも日本文化史を学んでいたから、長屋のある場所がどんなに魅力的かはひと目で分かった。わたしの興味を引いたのは『清水寺』ではなく『六道珍皇寺（ろくどうちんのうじ）』。あの世とこの世を行ったり来たりしていたという、あの小野篁（おののたかむら）ゆかりの寺だ。タカムラ・オノはわたしが最初に愛した日本人だということを林蔵は知るはずもない。

思わず身を乗り出したところに、林蔵が畳みかけた。

「どや。日本びいきの摩利にはぴったりの物件やろ」

まるで不動産屋のような林蔵の言葉には笑ったけど、たしかにわたしの好みに合っている。でもこのアパート、いや長屋をもらって、わたしは何をどうすればいいのだろう。そんな疑問に林蔵は即答した。

「なんにもせんでええ。寺めぐりするなと、お茶の稽古（けいこ）をするなと、好きなように暮らしとったらええ。摩利の仕事はただひとつ。月にいっぺん、月末になったら家賃を集めに回るだけや」

「え？　振込みじゃないんですか」

「あかん、あかん。そんな水臭いことできるかいな。日本にはな、大家と店子は親子同然っちゅう言葉があるんや。月にいっぺんくらいはやな、お互いに顔を合わせて無事をたしかめ合う。ディス・イズ・ジャパニーズアパートメント」

林蔵は怪しい英語を使って、少しばかり照れ笑いを浮かべた。

たしかに悪い話ではない。ベトナムで研究しているより、日本で勉強したほうがいいに決まっているし、それに場所が京都。しかも『六道珍皇寺』の近くなんて理想的だ。しかも家賃まで入ってくるのだ。迷うことなんか何もない。

「摩利の超能力やったら、ここからでも長屋が見えるのと違うか」

林蔵が意味ありげに笑った。

超能力なんていうのは、大げさ過ぎるけど、自分でも不思議な体験は、小さいころから何度もしてきた。わたしの勘の鋭さは生まれ持ってのものだ。ベトナムの学校では、行方不明になった同級生が連れ去られた場所を言い当てて、気味悪がられたほどだ。テレビでも紹介されたせいで、ベトナム中の人がわたしのことを拝み屋みたいに思ってしまったのには本当に困った。

日本風に言うなら、神のお告げとでもいうのだろうか。何かを捜そうとすると、何かが見えてしまう。それも映画のワンシーンのようにクリアな映像で。自分でも不思議だ。両親が事故に遭った日の朝も、嫌な夢を見たわたしは、号泣しながら両親の外出を必死で止めたのだけれど。

料理が運ばれてきて、林蔵が慌てて地図を仕舞い込んだとき、父が死ぬ間際に息も絶え絶えに言った言葉を思いだした。

――いい話ほど疑ってかかれ――

父は男女関係のこととして話したのだろうが、きっとこういうときのことも言っていたのだ。うまい話には裏がある。そんな日本の言葉も思いだした。

「だけど叔父さん、わたしはそれをタダでもらえるわけじゃないでしょ。税金だってかかってくるでしょうし」

生春巻きをチリソースに付けて、口に運んだ。

「まぁ、丸っきりタダっちゅうわけやない。摩利が言うように相続税もかかるし、固定資産税っちゅうやつも払わんならんさかいな。けど絶対損はせんで」

林蔵は音を立ててフォーを啜りながら、バッグから試算表を取り出した。

長屋の土地は『六波羅蜜寺（ろくはらみつじ）』の借地で、相続税も固定資産税も通常より安いこと、年間の家賃収入から諸経費を差し引いても、わたしひとりが生きていくには充分過ぎるほどのお金が残ることを丁寧に説明してくれ、最後にこう付け加えた。

「永久にてなことは言わん。千日でええ。千日間だけ摩利は大家をやってくれたらええんや。その後は売り払うなと放り出すなと、好きにしい」

「なんで千日なの？」

「うちの長屋に住んでるヤツはみなええ人ばっかりやねん。よそに住みとうない言うて、ずっと居続けとる。もしわしがおらんようになって、あの長屋をやめてしもうたら、路頭に迷いよるんやないかと思うんや。千日て言うたら三年ほどや。まぁ、三年のうちには次の行き先を探してきよるやろ」

「三年かぁ。それくらいなら何とかなるかもね」

デザートの焼きバナナが出てくるころには、安ワインのせいもあって、わたしはすっかりその気になっていた。大好きな日本に住めて、不労所得まで手に入るのだから断るほうがおかしい。それに何と言っても林蔵はまだ七十三歳。わたしが相続するまでにはきっと十年ほどあるはず。それまでに心も含めて準備すればいいのだから。

カラフェに残ったワインを飲みほして契約書にサインした。わたしの超能力とやらをもってしても、このとき、叔父のガンを見つけることはできなかったのだ。

◆

警察が現場検証している様子を見ていて、お世辞にも美味しいとは言えない、あの赤ワインの味が蘇ってきた。

それにしても、日本の警察はずいぶん大がかりな捜査をするものだ。ベトナムだったらきっと、警察官がひとりかふたりやってきて、周りの人に話を聞いて、それで一件落着だろう。日本人は疑り深いと林蔵から聞いてはいたが、京都の警察は、よほど暇なのに違いない。鑑識と呼ばれる人たちの細かな調べっぷりは、わたしには理解できなかった。

〈十番〉の前で長いこと待機させられていることも、わたしを大いにイラつかせた。

「若宮摩利さん。おたくは何でこの坂之上さんの部屋を覗きに来はったんです？」

まだ暑いというのに、よれよれのトレンチコートを着て、屈み込んでいた警察官が振り向いた。

その顔を見て、わたしは思わずあきれた。

「次郎さん、冗談はやめてください」

刑事の扮装をして、真顔でわたしに質問をするなんて、いくらお茶目な次郎さんでも冗談が過ぎる。人がひとり死んでいるんだから。

「よう似てまっしゃろ。ふたごやさかい当たり前ですけどな。摩利さん、こいつはわしの兄貴で鬼塚太郎（おにづかたろう）といいます。京都府警で刑事やっとるんですわ」

背中から次郎さんが声をかけてきた。次郎さんと、鬼塚という男の顔を何度も見比べたが、まったく見分けがつかない。わたしはただ目を白黒させるだけだった。あまりに驚いて、名字が違うという違和感もスルーしてしまった。

「さっきの質問に答えてくれるか」

立ち上がって、鬼塚がコートの裾を払った。

「だって伝言板に何も書いてなかったんですもの」

鬼塚の目をまっすぐに見て答えた。

「伝言板？　なんやそれ」

鬼塚が右に首を傾けた。

「轆轤荘には、路地の入口に伝言板があってな、わしらは毎日寝る前に、そこになんぞ書く決まりがあるんや」

次郎さんが口を挟んだ。

「轆轤荘じゃなくて『ジャスミン荘』。何回言ったら分かるんですか」

わたしは次郎さんをにらみつけた。

「言いにくいですがな、そんなカタカナ。ジャスミンてなちゃらちゃらした言葉は、この風格ある長屋には似合いませんで」

次郎さんだけじゃない。ここに住んでいる人たちは、なかなか『ジャスミン荘』に馴染んでくれない。

「そんな話はどうでもええ。わしが訊きたいのはその伝言板のことや」

顔だけでなく、次郎さんと鬼塚は声までそっくりなのだ。

「ゆうべ話したときは、ちゃんと伝言板に書くって、坂之上さんは言ってたんですよ。なのに書いてなくて、それで注意しようと思って部屋に……」

「ほお。あんたはゆうべ坂之上に会うてたんか。できてるんか？」

鬼塚が好色そうな目付きをした。

「違いますよ。ただの大家と店子の関係です」

わたしは鬼塚をにらみつけてやった。

ほとんど毎日のように次郎さんとは会っているが、こんな無礼な言葉を聞いたことは一度もない。外見はそっくりでも中身はまるで違うようだ。

「できてもおらんのに、若い男と女が夜に会うてなことは理解できん。それはまぁ、かんにんしといたるとして、坂之上を殺したんは、あんたか」

鬼塚は表情ひとつ変えずに、横たわった坂之上さんを顎で指した。

「は？　今なんておっしゃいました？」

こういうとき、日本では、はらわたが煮えくり返ると言うのだと、わたしはベトナムで学んだ。

「若いのに耳が遠いんか。気の毒に。あんたが坂之上を殺したんか、て訊いてるんや」

鬼塚がわたしの耳元で怒鳴った。

ただそれを振り払うつもりで、掌を口元に押し付けただけなのに、鬼塚は大げさに叫んで、ガマガエルのようにお腹を見せてひっくり返った。

「こ、公務執行妨害、並びに暴行罪の現行犯で逮捕する」

口より先に手が出るタイプだと、子どものころからずっと言われてきたのだけれど、それはこの歳になっても、まったく変わっていないことを少しばかり反省した。

「兄さんが無茶するさかいやがな。ホンマに気が短いんやから」

次郎さんが鬼塚を抱き起こしながら、わたしに目くばせした。

腹話術みたい、と思いながら、少し違うような気もした。

「兄さん、この人はな、ずっとベトナムで暮らしてはったんや。三か月ほど前に日本へ来はったとこやさかい、まだ日本の習慣に慣れてはらへん。大目に見たげんと」

「それにしても、なんちゅう乱暴なヤツや」

頬をさすりながら、鬼塚が起き上がり、わたしをにらみつけた。

「ごめんなさい」

日本ではとりあえず謝るのが先だ、と教わったとおりにふるまった。

「ごめんで済んだら警察は要らん。日本の警察をなめたらあかんで」

「わたしもなめたくはないです」

思ったとおりに言ったのだけど、それはますます鬼塚の心証を悪くしたようだ。

「次郎の手前、大目に見とったけど、そういう態度するんやったら容赦はせんぞ」

鬼塚がわたしの顔の前で顎をしゃくった。

「まぁまぁ、穏便（おんびん）に、穏便に」

次郎さんが間に入って、鬼塚を押し戻してくれた。

「なぜ、わたしが坂之上さんを殺さなきゃいけないんです？　理由がないじゃないですか」

「こういう場合、たいていは痴情のもつれ、っちゅうやつやな。あんたと坂之上の間に他の女が入りこんできよった。つまり三角関係や。ゆうべあんたと坂之上はそのことで言い争いになって、カッとなって首をしめて殺してしもた。と、こういうことや」

　したり顔で語る鬼塚をもう一度突き倒したい気持ちになったが、今度は本当に逮捕されそうなので自重した。

　たしかに〈十番〉には若い女性が何人も出入りしていたけど、和菓子を作る職人さんばかりだ。そもそも坂之上さんはわたしのタイプじゃない。わたしがカッとなる理由など髪の毛一本もない。とは言っても、いつだったか、絵に描いたような美人と集合ポストの前で、暗闇に紛れてひしと抱き合っているのを見たときは、メラメラとまではいかないが、仏壇のろうそくほどの嫉妬の炎が燃え上がったことはたしかだ。そう考えてみると、動機はゼロとは言えないのかもしれない。

「だいたい坂之上さんは自殺されたんでしょ？　なのに、どうしてこんな大げさなことを」

「そやから素人（しろうと）っちゅうやつは困る。首に紐が巻きついてたら、自殺やと思い込みよる。そんな単純な頭やさかい、こんな長屋の大家をさせられとるんや」

鬼塚が鼻で笑った。

「こんな長屋で悪かったな」

次郎さんがわたしの代わりに言ってくれた。

「首吊り死体が見つかりました。はい、自殺です。てな話で終わるんやったら警察は要らん。あらゆる可能性を探るのがわしらの仕事。事件性が高いさかいに、こうして念入りに調べとるんやがな」

鬼塚は胸を張ってから、鑑識という腕章を巻いた警察官を指差した。

「坂之上さんは自分で紐を握ってましたよね。きっと首を吊った紐が切れて、階段の下に落ちたんでしょ。どう見ても自殺だと思うんですけどね」

鬼塚は小さな布切れをわたしの鼻先に近づけた。

「どや。匂うやろ」

布切れからは、かすかに甘酸っぱい香りが漂ってくる。それが何を意味していて、鬼塚がわたしに何を言いたいのか、わたしは頭を廻らせた。

「坂之上の口の周りに付いとった匂いや。事件性が高い、っちゅうたんは、これが決め手。犯人のおまえには、これがどういう意味か、よう分かるやろ」

鬼塚はまだわたしを疑っている。だいたい、見ず知らずの男からおまえ呼ばわりされる筋合いはない。

「何度も言いますけど、わたしは坂之上さんを殺したりはしていません。殺す理由もありませんし。っていうか、どう見ても自殺なんじゃないですか」

「おまえは、さっきからずっと自殺やと言うとるけど、坂之上には自殺せんならんような理由があったんか。心当たりがあるなら教えてもらおか」

鬼塚はコートの内ポケットから手帳を取り出して、鉛筆の先をなめた。

わたしは初めて鬼塚の言葉に納得した。

たしかに鬼塚の言うとおりだ。一週間後に店をオープンさせると言って、ゆうべも坂之上さんは張り切っていたし、何か心配ごとがあるような様子は、まるで見受けられなかった。何度も会って、おしゃべりをしたけど、自殺するような気配もなかったし、そういう内向きの性格には見えなかった。周りは若い女性職人ばかりだったが、和気あいあいとした雰囲気で、もめごとがあるようにも見えなかった。

「どや。何も思い当たらんやろ」

勝ち誇ったように言って、鬼塚は手帳を閉じた。

「おっしゃるとおり。自殺するようなそぶりはありませんでした」

なんだか悔しいが、そう言うしかなかった。

「ほう。えらい素直やないか。女はそうやないとあかん。男に歯向こうてたら、いつまで経ってもヨメに行けんぞ」

ヨメに行く、なんて言葉を使う古い日本人がまだいることに驚いたけど、バカバカしいので、聞き逃しておいた。

それより何より、店子が殺されたとあっては、大家として黙って見過ごすわけにはいかない。

――大家と店子は親子同然――

という言葉を何度も林蔵から聞かされていたのだから。年齢は向こうのほうが上だろうけど、息子が殺されたようなものなのだ。

「早く犯人を捕まえてください」

「自首するんなら今のうちやぞ」

「わたしじゃない、って何度も言ってるでしょ」

「ほな、誰が犯人や。犯人はたいてい第一発見者やて決まっとる。ミステリーの常識やないか」

　これ以上逆らうと、本当に犯人に仕立て上げられそうだ。

「主任、ちょっとお願いします」

　いいタイミングで鑑識の人が、大きな声を上げた。振り向いた鬼塚は小さく舌打ちしてから、〈十番〉の中に入っていった。

　どうやら鬼塚は主任と呼ばれているらしい。つまりは責任者というわけだ。こんな無礼な男を責任者にしなければいけないほど、京都の警察は人材が不足しているのか。なんとも情けない話だ。うっかりわたしは次郎さんにそう言いそうになった。

「ホンマに坂之上はんが殺されたとなると、誰が犯人なんやろな」

　次郎さんが腕組みした。

「誰なんでしょうね」

　わたしも同じように腕を組んだ。

「主任、どうしはったんですか。パジャマのままで現場に来はるやなんて」

いつの間にかわたしと次郎さんの背後に若い男が立っていた。

ピンストライプの黒いスーツを見事に着こなした長身の男は、次郎さんのパジャマを引っ張った。

「わしは弟や。兄貴はあっち」

苦笑いしながら、次郎さんは鬼塚を指差した。

「失礼しました。それにしても、本当によく似ておられますね。何回見ても区別がつきませんよね」

初対面なのに、男は同意を求めるかのように、わたしのほうに顔を向けた。

こういうのを運命の出会いというのだ。その瞬間、わたしはそう確信した。

愛くるしい瞳、分厚い唇、スラリと伸びた長い足。少し団子鼻っぽいけど、それもまぁ愛嬌のうちだと思えばいい。日本にやってきて、初めて胸がときめく男性に出会った。

「兄貴の部下の東山(ひがしやま)ですわ。京都府警一のイケメン刑事て言われてるみたいでっせ」

胸の内を次郎さんに見透かされたようで、わたしは顔を赤くした。

「この長屋の大家をしております若宮摩利です」

しっかりと頭を下げた。子どものころから、わたしは切り替えが早い。大きな犬に襲われて、大泣きしながら病院に運び込まれたときも、看護師さんがアイスクリームを出してくれた瞬間、笑顔で飛びついたくらいだ。東山の出現で、ついさっき見たばかりの死体のことなど、頭からすっかり消えてしまった。

「東山久彦です。摩利さんが第一発見者なんですね」

最初から名前で呼ばれた上に、まっすぐ見つめられて、柄にもなくどぎまぎしてしまった。

「は、はい。わたしが第一で、次郎さんが第二です」

おかしな言い方かなと思ったけど、間違ってはいないだろう。

次郎さんが詳しい経緯を東山に話してくれた。

「そうでしたか。大変でしたね。少しは落ち着かれましたか」

部下と上司は、こんなにも態度が違うものなのか。これは、立場を逆転させたほうがいいのではないのか。京都の警察組織が不思議でしかたない。

「おい。この佐野いうのは、この長屋の住人か？」

鬼塚が戻ってきて、わたしにメモ用紙を見せた。

「〈八番〉の佐野さんのことかしら」

メモの上のほうは折り返してあるので、何が書いてあるのかは分からないけど、サインは間違いなく佐野珠樹さんの字だ。四十代の女性らしい落ちついた字だ。

「その〈八番〉っちゅうのは？」

「轆轤荘、いや、『ジャスミン荘』の部屋番のことや。右手が偶数で、左側が奇数。坂之上はんの隣が〈八番〉。『しぁんくれーる』という喫茶店をやってはるのが佐野さんや」

次郎さんが答えてくれた。

「隣人が殺人犯。ようある話やないか。ヒガシ、その佐野っちゅうヤツを引っ張ってこい」

鬼塚が東山にメモを渡した。

「いきなりですか」

うんざりしたように東山が言った。

東山はヒガシと呼ばれているようだが、これはナイスセレクト。イメージにピッタリだ。わたしもヒガシと呼んでいいのだろうか。

「これが何よりの証拠や」

鬼塚がメモを顎で指した。

葉書より少し小さめのメモを開いて、ヒガシが字を目で追っている。いったい何が書いてあるのだろう。わたしは一週間ほど前のことを思い出した。

『しぁんくれーる』は喫茶店というより、マニアックな珈琲屋だ。滅多に珈琲を飲まないわたしには、まるでちんぷんかんぷんなのだが、珠樹さんには相当なこだわりがあるらしい。

何より大事なのは薫りだそうで、坂之上さんのところから漂ってくる菓子の匂いが邪魔だと言って、激しく抗議していた。

最初は坂之上さんも恐縮した態度を見せていたが、取り付く島もないほどの珠樹さんの剣幕に、少しずつ反撃を加えていった。わたしが間に入って、その場はなんとかおさめたものの、顔を合わせる度にふたりは言い争っていた。

たぶんそのことに関係があるメモだと思う。でも、そんなことくらいで人を殺すだろうか。たしかに珠樹さんは気の強い女性だけど、体力的には弱そうだし、首をしめて殺すなんて絶対できそうもない。

ヒガシは〈八番〉のインターフォンを何度も押していたが、どうやらあきらめたようだ。その様子があまりにもカッコいいので、スマホのカメラのシャッターを押した。

「留守のようですね」

戻ってきて鬼塚にそう告げた。

「逃げよったか」

鬼塚が悔しそうに顔を歪めた。

「兄貴は相変わらずせっかちやなぁ。珠樹さんは口は悪いけど善人や。人を殺(あや)めるような人と違う。何を根拠に犯人て決めつけとるのか分からんけど」

ヒガシの持つメモをちらっと覗き見て、次郎さんが鬼塚に言った。

「えらい庇うやないか。さてはおまえ、佐野のオバハンとできてるな」

鬼塚の短絡思考にはあきれ返るばかりだ。ちょっと親しい男と女がいれば、必ずできていると決め込む。いつの時代の人間だ。お手上げだとでも言わんばかりに、次郎さんも肩をすくめた。

「ちょっと無理筋じゃないですかね」

おそるおそるといったふうに、ヒガシが鬼塚の顔を覗き込んだ。

「そういう弱腰やから警察がなめられるんや。疑わしきは罰せんと市民の安全は守れん」

鬼塚は、分かるような分からないようなことを言う。どういう構造になっているのか、ちょっと頭の中を覗いてみたい気もする。

「メモには何が書いてあったんです？」

鬼塚に直球を投げてみた。

「そんな重要なことを一般人に教えると思うてんのか」

鬼塚が一笑に付した。

「日本の優秀な刑事さんは、一般人にやさしい、って聞いたので」

精いっぱいの笑顔を作って甘い声を出すと、鬼塚の耳が秋田犬のように、ひくひくと動いた。

「優秀な刑事というのは、わしのためにあるような言葉やな」

鬼塚は澄まし顔をして、まばらな髪をかきあげている。どうやらわたしは彼の泣き所を見つけたようだ。

「どんなことが書いてあったかが分かれば、きっと捜査に協力できると思うんです」

できるだけ声を鼻にかけて、少女マンガのようにまつげをパチパチさせた。

「一般人の協力を得ることも大事や。ヒガシ、それを見せてやりなさい」

想像以上の効果があったようだ。

「主任はどうかしたんですかね」

しぶしぶヒガシが見せてくれたメモは、思っていたとおりのものだった。

ケーキを焼く甘い香りが、どれほど珈琲の邪魔をしているか。それを改善するための方策を講じるよう強く要求していること。それに応じなければ訴訟も辞さない。ずっと珠樹さんが言い続けてきたことが、そのままメモに書かれていた。

そして、たしかにそれは珠樹さんが、坂之上さんに対して強い敵意を抱いていることを、窺わせるものだった。

だけれど、それが殺人にまでつながるとは、とても思えないのだが。

「はずみ、っちゅうやつやろ。言い争いになって、こんなことになってしもた。おそらく本人も後悔しとる。自殺のおそれもある。早いこと捕まえてやらんとな」

短絡思考に加えて、思考の飛躍も並はずれている。ひょっとすると、鬼塚はとてつもない天才なのかもしれない。

それより、と思いだした。さっきの布切れの匂い……。鬼塚は、あれがきっかけになって事件だと疑うようになった、と言っていた。

「優秀な刑事さんに、もうひとつだけ訊いてもいいですか?」

これ以上は無理っていうくらい、鼻にかかった声を出した。

「なんや」

鬼塚はまんざらでもない顔をしている。

「さっきの布切れの匂いが、どうして事件性を高めることになるんですか?」

「布切れって?」

ヒガシが割って入った。

「これや。坂之上の口の周りを拭いた布」

ビニール袋から取り出して、鼻先に差し出された布の匂いを嗅いで、ヒガシはつぶらな瞳を大きく開いた。

「そんな大事なこと教えられるわけないでしょう」

困ったように眉をひそめるヒガシの横顔はとてもセクシーだ。

「ええがな。どうせ相手は素人なんやから」

鬼塚がせせら笑うと、ヒガシは大きくかぶりを振った。

「これはな、毒殺されたっちゅう印や。甘酸っぱい匂いがしたやろ。わしらプロはアーモンド臭と呼んどるんやが、これが青酸中毒の証拠」

「あー言っちゃった」

ヒガシは天を仰いでいる。

「青酸カリはアーモンド臭がするというのは小説などを読めば書いてありますよ。それより、お言葉を返すようで大変申し訳ないですが、大事なことをお忘れになってるのかなぁ、なんて」

鬼塚のプライドを傷つけないように注意しながら、わたしは少しだけ反論した。

「この優秀な刑事が、何を忘れてるというんや」

鬼塚は余裕の表情だ。

「坂之上さんはケーキ職人なんですよ。甘酸っぱい匂いだとか、アーモンドの匂いがしたって当たり前じゃないですか。きっと作りながら味見をしてたんです」

「素人やて言うたんを訂正せなあかんな」

鬼塚がフッと小さなため息をついた。ようやくわたしのことを認めたか。意外に素直なところもあるのね。ちょっと勝ち誇った気分。

「わしの見込み違いやった。素人やのうて、ど素人やった」

前言撤回。そうか、この男は典型的な負けず嫌いなんだ。

「そんなことは百も承知や。素人にはわからんかもしれんけど、ケーキの材料とは根本的に違う匂いなんや。まぁ、分析したらすぐに答えは出るやろけど、ど素人のお嬢さんは、口出ししてる暇があったら、部屋に戻って家賃の計算でもしとき」

この悔しさをどう表現すればいいのか。こういうとき日本語では、地団駄（じだんだ）を踏むというのだ。英語ならkick oneself。大学を卒業してから半年ほど勤めた、ハノイの日本語学校でわたしはそう教えた。

こうなったら、絶対にわたしが事件を解決してやる。このままでは林蔵の墓参りにも行けない。そして何より、鬼塚にひと泡吹かせないことには気持ちがおさまらないではないか。

「主任」

また別の鑑識課員が呼ぶと、鬼塚は渋面（しぶづら）を作って〈十番〉に入っていった。

「何か見つかったのかな」

ヒガシが鬼塚の後を追う。わたしはスマホのカメラを向けた。

髑髏荘なんて名前を付けていたから、こんな事件が起こったんだ。早いことお祓いでもしてもらわなきゃ、安心して眠ることもできない。やっぱり大家なんて引き受けなきゃよかった。後悔しているわたしに追い討ちをかけてきたのは、やっぱり鬼塚だった。

「トカゲのしっぽに思い当たることはないか」

戻ってきて、いきなりこうである。しかも、わたしはベトナム育ちだというのに、爬虫類が大の苦手なのだ。ヘビだとかトカゲなんて、言葉を聞くだけで身体じゅうの血の気が引いて膝が震える。

「大丈夫ですか」

ヒガシが心配そうに、きっと青白くなっているだろうわたしの顔を覗き込んだ。

「答えんかい。トカゲやトカゲ」

思わず鬼塚に体当たりしそうになって、なんとか思いとどまった。

「それがどうしたっていうんですか」

わたしは声を震わせた。

「ヒガシ、ちょっとだけ教えてやれ」

「ダイイング・メッセージって聞いたことありますか？」

ヒガシと鬼塚では声のトーンがまるで違う。ヒガシの言葉にはすぐにでも応えたい。

「はい。殺された人が最後に伝えようとしたものですよね。山村美紗ファンですからよく知ってます」

「正解。詳しくは言えないのですが、坂之上のダイイング・メッセージが、トカゲのしっぽ、だったというわけです」

「まったく何も思い当たりません」

わたしは正直に答えたものの、足元にトカゲが寄ってきそうな気がしてぞっとした。

「ヒガシ。なんや、あの集団は」

鬼塚の視線の先を見て、わたしは我に返った。制服警察官が制止しているが、大勢の人が入り込もうとしている。マイクを持った女性、大きなテレビカメラを担いだ男性がひしめき合うように、路地の入口をふさいでいる。

「マスコミですね。それにしても嗅ぎつけるのが早いなぁ」

ヒガシが言った。

「わしの活躍ぶりを取材したいんやったら、府警の広報を通すように言うとけ」

「そんなわけないじゃないですか」

思わず吹き出してしまった。

「坂之上はテレビにもよく出ている有名なパティシエですから、マスコミが殺到するのも当然でしょう」

ヒガシがテレビカメラに目を遣った。

「くだらん。何がパティシエや。どうせ京スイーツやとかなんや言うて売り出そうと思うとったんやろが。京都の菓子というたら和菓子に決まっとる」

わたしは初めて鬼塚の言葉に心底同意し、手を差し出した。

「なんや。わしに惚れてもあかんぞ。れっきとした妻がおるんやから」

握手を求めたのに鬼塚は照れ笑いを浮かべて、手を引っ込めた。

「惚れちゃいけないんですか」

上目遣いをすると、鬼塚は顔を真っ赤に染めた。案外可愛らしいところもあるんだ。次郎さんと名字が違うのは、奥さんの名字を名乗ることになったからなんだろうか。

「主任はこう見えて甘党なんです。それも和菓子専門の」

ヒガシが言葉を挟んだ。

「信じられんやろけど、こんなゴツイ顔して兄貴は下戸なんや。奈良漬の匂いだけでひっくり返りよる。その代わり子どものころからアンコ好きでなぁ。ふたごでもえらい違いやわ」

次郎さんが後に続いた。

「わたしが京都に来て、一番ショックだったのは、その京スイーツなんです。ちゃんとした美味しい和菓子がたくさんあるのに、へんてこな和スイーツに人気が集まっているって、おかしいと思います。坂之上さんにもその話はしました」

「ほう。案外まともな頭しとるやないか。で、坂之上はどう言うとった？」

「残念ですが、そこは理解してもらえなかったようです。衰退するしかない和菓子を救うのは自分の使命だと言ってました」

「あほか。そら殺されても当然やな」

「主任、言葉には気を付けてください。マスコミに聞こえたら大変ですよ」

ヒガシが釘をさした。かっこいいだけでなく、実に頼もしい男だ。

「でも和菓子のことはリスペクトしていると言ってましたよ」

「なにがリスペクトや。今のヤツらは、なんでもかんでもカタカナにしよる。なんで日本語で尊敬と言えんのや」

鬼塚は本当にまともなことを言う。

わたしが日本に来て一番驚いたのは、日本語がすっかり変わってしまっていたことだ。鬼塚の言うとおり、カタカナ語が氾濫しているし、ヘンな造語もたくさんあって、それを若い人だけでなく、いい歳をしたおじさんたちまで嬉々として使っているのは、どうにも理解できない。

「主任は気に入らないでしょうが、坂之上は〈京都・和スイーツコンテスト〉の優勝候補なんですよ」

ヒガシはちゃんと調べてきている。デキる男だ。

「絶対優勝するんだ、って坂之上さんは昨日も意気込んでました」

「なんや、和スイーツて。優勝したら、なんぞええことあるんか」

鬼塚が訊いた。

「凄いことになりますよ。マスコミもお客さんも殺到してケーキはバカ売れします」

ヒガシが答えた。

「くだらん」

鬼塚が吐き捨てるように言った。

「でも、みんな命がけで臨んでいるようですよ」

目を真っ赤にして、試作に没頭している坂之上の顔を思い浮かべた。

「今、なんて言うた」

鬼塚がわたしをにらみつけた。

「何か悪いこと言いました？」

「命がけで、て言うたな」

鬼塚の顔が目の前に迫ってくる。

「はい」

鬼塚の勢いに気圧(けお)された。

「それや。坂之上を殺したんは、その競争相手や」

鬼塚は右の拳で、左の掌を打った。

「ちょっと待ってくださいよ、主任。今の今まで、犯人は隣人だと決めつけてたじゃないですか」

ヒガシが顔を曇らせている。本当にそのとおりだ。

最初はわたしを犯人扱いし、その後は珠樹さんが犯人だと言い出し、今度はコンテストの競争相手だと言う。なんの根拠もなく人を疑う。これが冤罪を生むのだ。本当に鬼塚の頭を開いて中を覗いてみたい。

「犯罪捜査っちゅうのは、たえず動いておる。容疑者が多ければ多いほど解決に結びつく。これが捜査の鉄則や」

わけの分からないことを言っているのだが、迷うことなく言い切るから、なんとなく言いくるめられてしまいそうになる。

「いちおうコンテストのライバルがいるのかどうか調べておきますけど、まずは佐野珠樹の話を聞かないと」

　ヒガシは常に冷静だ。きっとこの野獣のような男を、長い間飼いならしてきたのだろう。

「おまえみたいな不器用な男が、ふたつ同時にできるわけがない。ヒガシは佐野珠樹を追え。なんちゃらコンテストの競争相手は、摩利、おまえが調べろ」

「わ、わたし？」

　思わず自分の鼻先に人差し指を向けた。突然の指名。しかも呼び捨て。平手打ちしてやりたい気持ちを必死で抑えた。

「なんや。協力できんと言うのか」

「いいえ、そういうわけではありませんが、あまりに唐突だったので」

　この男にはあまり逆らわないほうがいいことを既に学んでいる。

「民間人が捜査に協力するのは当然の義務や。それに摩利は事件の当事者やないか。殺人事件てなものは早いこと解決せんと、空家が増えるだけやで。いつまでも犯人が捕まらなんだら、ずっとマスコミが騒ぎ立てよるぞ。こんな長屋でも悪い評判が続いたら困るやろ」

　なぜこんな男から何度も呼び捨てにされなきゃいけないのか。そしてまた、こんな長屋、扱いだ。しかし腹立たしい一方で、警察公認で探偵ごっこができるのも悪くないなと思ったりもする。ヒガシを助手にできれば最高なんだけど。

「摩利さん。そういうわけですから、よろしくお願いします」

ヒガシが頭を下げた。

「はい。こちらこそ」

恋愛というのはこんな感じで始まるのだ。

「気ぃ付けなはれや。摩利さんはのめり込むタイプみたいやさかい」

黙って様子を見ていた次郎さんが忠告してくれた。

なんだかおもしろい展開になってきた。なんて言うと、亡くなった坂之上さんには申し訳ない。あの笑顔をもう見られないのかと思うと、わたしの小さな胸も痛む。だけど、子どものころから探偵小説なんかは大好きだったし、謎解きに夢中になって、食事中にぼーっとしていて母親によく叱られたものだ。

それに、わたしには坂之上さんのライバルに心当たりがある。犯人を捜し当てて、鬼塚の鼻を明かしてやるんだ。大家になってよかった。今、初めてそう思った。

2.

わずか一週間前のことだった。この『贋作』の向かいで、ひとりのパティシエが死んだ。

すぐにでも犯人が捕まりそうな勢いだったけど、わたしが予想したとおり、捜査は難航しているようだ。それより何より、連日のようにこの事件を伝えているワイドショーはずっと、

――警察は事件、事故の両面から捜査している――

そう言い続けている。素人のわたしにだって分かる。〈事件〉は殺人事件のこと、〈事故〉は自殺ってことだろう。自殺の可能性もあるのだとすれば、本当に無駄な捜査だ。ひとりのパティシエが死んだことは痛ましいし、哀しい。ただそれが、自殺でも殺人でも、わたしにはどっちでもいいように思えるのは、酔っているせいなのだろうか。

「それは違いまっしゃろ」

次郎さんは、わたしの考えを真っ向から否定した。

『贋作』のカウンターに片肘をついていたわたしは、少しばかり姿勢を正した。

「何が違うの？」

「どっちでもええ、て言い出したら、警察なんか要りまへんがな。悪いことしたら警察に捕まって、罰を受ける。世の中はそういうもんやと、わしらは教わってきたんと違いますか。そうやないと坂之上さんも浮かばれまへんで」

次郎さんは、ぐつぐつと煮え立つ小鍋を、わたしの前に置いた。

「何の鍋？」

わたしはノートを開いた。美味しいものを前にすると、他のことが耳に入らなくなるのは、子どものころからの悪いクセだ。

「グジのみぞれ鍋て言いますんや。若狭(わかさ)の浜から届いたグジを鍋底に敷いて、たっぷりの蕪(かぶら)おろしを載せて、上から出汁(だし)餡(あん)をかけてます」

スマホのカメラを向けた。

「グジってアマダイのことですよね？」

「正確に言うたら、そうやない。若狭に揚がったアマダイに一塩あてたんをグジて言いますねん。生魚やったらアマダイですわ」

「へぇ、そうなんだ。勘違いしてた。熱い。でも美味しい。うん。美味しい」

書き留めてから、徳利(とっくり)に手を伸ばした。

「空になってるのと違いますか」

次郎さんは何もかも見透かしている。

「もう一本」

「同じのでよろしいか？」

「はい」

利酒(ききざけ)というのだろうか、お酒の飲み比べなんていう遊びをわたしは好まない。一度飲み始めたらずっと同じ銘柄を続けるのが、わたしの流儀だということをよく知っているはずなのに、次郎さんは必ず訊く。律儀な人なのだ。

「それにしても、あのフィアンセの人、林エリカはんでしたかいな。気の毒でしたなぁ。半年後に結婚するはずやった坂之上はんが、あんなことになってしもうて」

徳利を入れ替えて、次郎さんが眉を八の字にした。

「フィアンセがいらしたなんて聞いてなかったので驚きました。でも、お葬式でもないのに喪服姿って、なんかおかしくないですか」

徳利の首を持ってお酒を盃に注いだ。

「そうですか。文字どおり喪に服してはるんやから、ええのと違いますか。べっぴんさんは喪服がよう似合わはるんですわ」

次郎さんの顔が崩れ、鬼塚と重なった。

テレビのワイドショーで何度も見たが、たしかに抜群の美人だ。アオザイを着せてみたいほどスタイルもいいし、スイーツコーディネーターという仕事も今風で、悲劇のヒロインにはぴったりだけど、でき過ぎた話のようにも思える。カメラの前で大げさに悲しんでみせるところなんか、なかなかの役者だとは思うが、心底悲しんでいるふうには見えなかった。

深夜に路地の入口で抱き合っていた、ふたりの姿をまざまざと思いだした。

「一刻も早く犯人を捕まえてほしい、て言うてはったけど、なんや犯人を知ってるみたいな口ぶりでしたな」

お腹いっぱいとつぶやくと、次郎さんが漬物を出してくれた。

「もう千枚漬の季節なんですね」

「摩利さんがベトナム育ちやとは、とても思えまへん。千枚漬で季節を感じはるやなんて、すっかり京都人ですがな」

何が嬉しいかって、こういうほめられ方が一番嬉しい。でも話はちゃんと戻さなければいけない。

「彼女もわたしと同じことを考えているんじゃないかしら」

「やっぱり、あの尾山(おやま)とかいうパティシエを疑うてはるんですか?」

「普通に考えたら、犯人は彼しか思いつかないでしょ」

わたしは千枚漬の食感と甘さを愉しみながら、もう少し刺激が欲しいなと思った。

「ほんで探偵ごっこはどないでしたんや」

次郎さんが千枚漬に黒七味をふりかける瞬間をスマホで撮った。

「辛みが欲しいなって思っていたところなんです」

お漬物に黒七味は最高のマリアージュだ。本当に次郎さんほど気の利く人はいない。そして何より聞き上手なのだ。

「『パティスリー・オヤマ』へ様子を見に行ったんですよ。もちろん抹茶マカロンを買うふりをして、ですけどね」

「どないでした？」

次郎さんが身を乗り出してきた。

「思ったとおり、ずっと嬉しそうな顔してましたよ。いつもは無愛想なのに、やたら愛想をふりまいていて。そりゃそうでしょう。有力なライバルが消えて、ダントツのグランプリ候補なんだから」

「それやったら尾山は犯人と違いまっせ」

次郎さんがあっさりと言った。

「なぜです？　殺人の動機になるじゃないですか」

「そやから違う、と思うんですわ。この時期に坂之上はんを殺したら、すぐに疑われますがな。尾山かてアホやないでしょ」

洗い終えたお皿を、次郎さんが白いクロスで丁寧に拭いている。

「そりゃそうだけど、人間って追いつめられると理性を失うんじゃないかしら。それに証拠もあるんだから」

「ダイイング・メッセージ。トカゲのしっぽ、ってお兄さんが言ってたのは、尾山の尾じゃないかと思うんです。死ぬ前に必死で犯人のヒントを残した。ぴったりでしょ」

わたしは少しばかり鼻を高くした。

「こじつけやと思いまっせ」

次郎さんが冷ややかに言った。

「そうかなぁ」

わたしもこじつけっぽいと思っている。そもそも尾山のにやけた顔を見ると、とても殺人犯とは思えない。

黒七味をまぶしつけた千枚漬をかじると、ちょうどいい感じになった。

キュッキュとお皿を拭くクロスの音と、ポリポリと千枚漬をかじる音が交互に店に響き、次郎さんと顔を見合わせて笑った。

「こんばんは」

引き戸を開けて、暖簾(のれん)の間から顔を覗かせたのはヒガシではないか。わたしは思わず背筋を伸ばした。

「いらっしゃい」

「やはりここでしたか。お隣、いいですか？」

「どうぞどうぞ」

ヒガシがわたしの隣に座る。思いがけない展開に心臓が破裂しそうになった。

「お飲みもんは？」

次郎さんがヒガシにおしぼりを手渡した。

「摩利さんと同じのを。それと何か美味しいものを」

「承知しました。お腹がすいてはるんでしたら、お肉でも焼きまひょか」

「いいですねぇ、是非」

ヒガシは、おしぼりで両手を念入りに拭った。

「お目当てはどっち？　お酒？　わたし？」

大胆なことを平気で言えるのは酔っているからだ。わたしのような気弱で繊細で傷つきやすい人間にとって、お酒というものは本当にありがたい。

「両方です」

わたしのほうを向いて、ヒガシがきっぱりと言い切った。冗談でも本気でも、嬉しさは半分だ。

「ほな、まずはお酒を」

　次郎さんが徳利と盃をヒガシの前に置いた。すかさず徳利を持って、ヒガシに笑みを向けた。

「残念ながら尾山はシロでしたよ」

　いきなりヒガシが切り出した。

「尾山さんのこと、調べてらしたんですか？　鬼塚さんはわたしにまかせる、っておっしゃってたのに」

　警察がそんなにのんきなはずはないと思いながらも、やっぱり不服だった。

「佐野さんの疑いが意外に早く晴れたものですから、尾山にもあたってみました」

「犯人じゃないという根拠はなんですか？」

「アリバイです」

　ヒガシがお酒を飲みほして続ける。

「事件当日、坂之上の死亡推定時刻に尾山は日本にいませんでした。台湾で行われていたイベントに参加していたことが確認されたんです」

「台湾ですか。だとすれば殺人は不可能ですね」

　なんとなくホッとした。

「そのことをお伝えしなくちゃ、と思って」

　ヒガシが手酌酒をすると、次郎さんがわたしに向かってにやりと笑った。

「なんでもプロはプロ。アマチュアはあくまでアマチュアですわ。もう探偵ごっこはおしまいにしなはれ」

小さな丸い鉄板に載せたステーキがヒガシの前に置かれた。芳ばしいニンニクの香りが鼻先にまで届いて、大きな音を立てて、わたしのお腹が鳴った。

「めちゃくちゃ旨そうですね」

言うが早いか、ヒガシは湯気の中に箸を突っ込んで、肉をつまみ上げた。その横顔に向けてシャッターを押した。ヒガシかお肉か、どっちにピントを合わせようか、少し迷ってお肉に合わせた。

「次郎さん、わたしも同じの」

こんなのを目の前で食べられると、お腹の具合がどうだとかを考える余裕もなく、食べなきゃ一生の損だと思ってしまう。

「もうお腹いっぱいや、て言わはったから千枚漬をお出ししたんですがな。無理せんとぉきやす」

「よかったらどうぞ」

ふたりの男性がわたしを気遣ってくれるというのは、悪くない状況だ。

「じゃ、遠慮なく」

鉄板の下に敷かれた炒め玉ねぎと一緒に、一番大きな肉を取って口に運んだ。厚かましい女だと思われたってかまわない。食欲には勝てないのだ。

「ホンマにええ食べっぷりですなぁ。女にしとくのはもったいない」

ほめているのか、けなしているのか分からない。次郎さんはいつもそんなふうだ。

「何か心当たりはありませんかね。手詰まりなんですよ」

ヒガシがやけ酒をあおるように、一気に飲んだ。

ヒガシの困った顔が、米粒ほどしかない、わたしのかすかな母性本能をくすぐった。

「やっぱり今度の〈京都・和スイーツコンテスト〉が絡んでいるんじゃないでしょうか」

憂いをふくんだヒガシの横顔に話しかけた。

「われわれもそこは同じなんです。ただ、そこから先になかなか進めない」

ヒガシが大きなため息をついた。

「でも尾山さん以外に、坂之上さんのライバルになりそうなパティシエはいないし」

「問題はそこなんです」

ヒガシがタブレットを出して、ディスプレイに人差し指を滑らせた。二回、三回、きゃしゃで細長い指をそらせる仕草は、息が詰まるほどセクシーだ。

「大丈夫ですか？　鼻息荒いですよ」

ヒガシがわたしの顔を覗き込んだ。顔から火が出そうなほど恥ずかしかった。

「何が出てくるんです?」

次郎さんが身体を乗り出してきた。

「主催者の方にお願いして、ノミネート作品を見せてもらったんです。ご覧になりますか」

ヒガシがディスプレイをわたしと次郎さんに向けた。

上位五人の作品、というのもお菓子にはヘンな言い方になるのだけど、五種類の和菓子が並んでいる。思ったとおり、和菓子というよりスイーツという軽い言葉がふさわしい、派手な意匠の菓子ばかりだ。

わたしが審査員だとしたら、どれも選びたくない。かろうじて右端のお菓子なら、食べてみたい気がする。

「それが坂之上の作品ですよ」

わたしの視線を追ってヒガシが言った。

言ってみれば和風モンブランだろうか。きんとん菓子のようでもあり、モンブランケーキのようにも見える。きっと中には栗の実が入っているはずだ。上からふられた抹茶の粉が余計なようにも思えるけど、見栄えという意味では緑色が必要なのかもしれない。こういうのをデジャヴというのか、どこかで見たような気がする。取り立てて凄いと思わせるようなものではないが、誰もが食べてみたくなるような安定感がある。その辺りが坂之上さんの人気の秘訣なのだろう。

そう言えば、坂之上さんは自信たっぷりにわたしに言っていた。

——京スイーツという言葉にふさわしいのは自分の菓子だけだ——

「さすがグランプリ候補ですよね。風格すら感じさせます」

ヒガシが絶賛するほどのものだとは思えないけど、他の四つと比べると抜きん出ている。最大のライバルと目されている尾山の菓子にいたっては、どう見てもアメリカンっぽい洋菓子だ。

「五人の審査員のうち、ふたりは老舗(しにせ)和菓子屋のご主人、ふたりはスイーツ評論家、もうひとりはグルメライター。よほどのことがなければ坂之上の圧勝に終わったでしょうね」

五つの丸い写真は、どれも見知った顔ばかりだが、ひとつだけ意外な顔があった。

「龍嵜さんが審査員だったんだ。ちょっと意外」

「ご存じなんですか?」

「わたしにとって和菓子のお師匠さんです。『亀屋久満』っていう老舗の和菓子屋さんの十二代目。いや、十三代目だったかな。和菓子の生き字引みたいな存在なの」

「お菓子も美味しいんですか?」

　ヒガシが訊いた。

「もちろん。京都で一番美味しい和菓子を、ってリクエストされたら迷わずこの店を紹介するくらいです」

「でも、あまり有名じゃないですよね。雑誌とかには出てこないし」

「マスコミに出るのが嫌いな人なんですわ」

　わたしの代わりに次郎さんが答えてくれた。

「そんな人が、よく審査員になりましたね」

　ヒガシが首をかしげた。

「跡を継ぐ娘さんのためですやろ」

　さすが次郎さんは事情通だ。

「伝統的な和菓子だけじゃ将来性がない、と思ったんでしょうね。お嬢さんの圭子さんは『ル・ヒサミツ』というブランドを作って、京都駅に新しいお店を出したんです。それを応援する意味もあったんじゃないですか」

　わたしが補足した。

『ル・ヒサミツ』はいつも行列ができている人気店だが、雑誌で見る限り、わたしの好みとは正反対なので、一度も店に入ったことがない。わたしが和スイーツ嫌いなのをよく知っているから、龍嵜さんも一切『ル・ヒサミツ』のことには触れない。きっと親子の間でも確執があるのだろう。相当な美人らしいのだが圭子さんは表に出てこない。そこがまた謎めいているから、店の人気が高まる。そんなふうにビジネスの臭いがぷんぷんするのも、わたしは好きじゃない。

「時代の波、っていうことですか」

ヒガシが手酌酒をした。どうやら相当強そうだ。わたしの相手にふさわしい。

「京スイーツやとか言うて、他の店がじゃんじゃん儲けていきよる。それを、じっと指をくわえて見てるわけにはいかん。跡を継ぐ圭子さんがそう思うても無理はおへんわな」

次郎さんが代弁した。

「次郎さん、圭子さんのお気持ちがよく分かるんですね」

美人に嫉妬するのは、わたしの悪いクセだ。

「最近はとんとご無沙汰ですけど、以前はよう飲みに来てはったんです」

「そうだったんですか。圭子さんはお酒好きなんですか？」

「赤ワインがお好きでして、うちには大したもんを置いてしませんさかい、持ち込んでもろてました。スタイルもええし、べっぴんさんやし、ワインがよう似合いますんやわ」

次郎さんが相好(そうごう)を崩(くず)すと、鬼塚そっくりになる。

「男の人ってホント美人に弱いんですね」

わたしはヒガシの横顔をにらんだ。

「圭子さんていう人が、どんなに美人なのかは知らないけど、僕は親しみやすい顔のほうがいいなぁ。摩利さんみたいな」

ヒガシの気遣いは、喜んでいいのか、落胆したほうがいいのか分からなかった。

「そう言うたら圭子さん、坂之上さんのフィアンセの林エリカはんによう似てはったなぁ。テレビでエリカはんを見たとき、てっきり圭子さんやと思いましたわ」

龍嵜さんは歌舞伎役者のような顔立ちだから、圭子さんが美人だとしても不思議じゃないのだけど。もしも圭子さんが人並みの器量だったら、龍嵜さんは『ル・ヒサミツ』なんていう店を許さなかったんじゃないかと、ふと思った。

龍嵜さんがこんなイベントの審査員を引き受けたことが、わたしには大いに不満だけど、きっと次郎さんの言ったとおりなのだろう。跡を継ぐ圭子さんのことを思ってのことだったに違いない。そしてあんな事件がなければ、間違いなく龍嵜さんは坂之上さんの作品を選んだはずだ。

「絶対に自殺の線はないんですか?」

やるせない気持ちになって、ヒガシに念を押した。

「絶対とは言い切れません。坂之上が自ら青酸カリを服用して、異変が起こるまでに急いで首を吊る、という条件さえ整えば」

「その可能性は？」

「僕が警察庁の長官になるのと同じくらいかな」

　次郎さんとわたしは顔を見合わせて苦笑いした。

　気の利いたことを言ったつもりのヒガシが可愛い。……男の人に「可愛い」とか生意気を言ってしまうから、いつもはかない恋に終わってしまうことはよく分かっているのだが、こればかりはやめられない。

「話を戻しますが、龍嵜さんに比べて、『五条備前屋』の長嶺（ながみね）さんははまり役ですね。メディア好きだから、こういうときは必ず出てきますしね」

「長嶺さんも知ってるんですね。摩利さんが京都に来たのは、本当に三月前なんですか？　なんでそんなに京都のお店のことに詳しいんです？」

　ヒガシが目を丸くしている。

「ベトナムに住んではるころから、ずっと京都のことは調べてはったんや。今はインターネットっちゅう便利なもんがあるさかい、ベトナムにおっても最新情報は常に手に入るということですわ」

わたしの代わりに次郎さんが答えてくれたので、少しばかり付け足した。

「わたしのフェイスブック友だちは千人くらいいるんですけど、八割は日本人で、その半分は京都の人なんです」

「へえーそういう時代なんですね」

納得したようにヒガシがうなずいた。

「えらい年寄りじみた言い方ですな」

次郎さんが鼻先で笑った。

「僕はどっちかといえばアナログ派です。仕事上やむを得ずこんなものを持ち歩いてますけどね」

ヒガシがディスプレイをスワイプした仕草に、また胸がときめいたが、そのせっかくの胸の昂ぶりをあの男が邪魔した。

「やっぱりここにおったか」

戸が壊れるんじゃないかと心配するほど乱暴に、鬼塚が引き戸を開けてずかずかと店に入ってきた。

「どんな風の吹き回しですねん。兄さんがうちに来はるやなんて」

次郎さんが驚いている。

「ヒガシがわしを出し抜いて、手柄を上げようとしとるのを察知してな」

鬼塚がヒガシをにらみつけた。

「出し抜くなんて、とんでもないです。僕はただ……」

口ごもるヒガシも可愛い。

「酒の匂いだけで酔うさかいと言うて、うちには近づかぁらへんかったやないですか」

次郎さんがおしぼりを差し出した。

「秘密兵器を用意しとる」

おしぼりを使いながら、鬼塚が指差した鼻の穴には白い栓がしてある。

「秘密兵器？」

ヒガシと次郎さんとわたしが、同時に声を上げ、三秒後に、みんなが笑った。

「京都市民の安全を守るために、ここまでの努力をしとるんやが、ノー天気なおまえらには分からんやろなぁ」

いくら鬼塚が真顔でそう言っても、両方の鼻の穴に白い栓を詰め込んだ顔は、まるでマンガだ。

「なんぞ食いまっか？」

涙目を指で押さえながら次郎さんが訊いた。

「腹減っとるんや。ちゃっちゃと食えるもん出してくれ」

いかに鬼塚といえども、鼻詰まり声では威厳のかけらもない。

「ステーキ丼でも作りまひょか」

「なんでもええさかい、はよ出してくれ」

隣に座って、鬼塚が苦しそうに鼻詰まり声で言った。

「一杯くらいいいかがですか？」

盃を差し出すと、鬼塚は大きく顔をそむけた。意地悪はわたしの趣味なのだ。

「摩利は『五条備前屋』を知ってるか？」

顔をそむけたまま、鬼塚が訊いた。

「もちろんですとも。いろんな意味で京都を代表する和菓子屋さんですもの」

呼び捨てにされることに少しずつ慣れてきたのが怖い。

「あの店主の長嶺っちゅうおっさんはどや」

「どや、ってどういう」

「坂之上と仲が悪かったという話を小耳に挟んだんやが」

「長嶺さんはいつもエラそうにしてる人ですから、敵も多いでしょうね。でも人を殺したりできる人じゃないと思いますよ。顔は大きいけど、気が小さいみたいですからね」

「気が小さいヤツほど、大それたことをしよるもんや」

「ほい、お待たせ」

次郎さんが鬼塚の前にステーキ丼を置いた。

「えらい旨そうやないか」

箸を割りながら、鬼塚が舌なめずりした。

「次郎さんのお料理は何を食べても本当に美味しいんですよ」

横取りしたいくらいに美味しそうなステーキ丼だ。

「そんな鼻栓はずしなはれ。匂いが分からんかったら旨みが半減するがな」

次郎さんの言葉に、おそるおそるといったふうに、鬼塚が鼻栓を取った。

「大丈夫ですって。もし何かあったら介抱してあげますから」

耳元で鼻にかかった声を出すと、鬼塚はまた顔を真っ赤に染めた。

「ヒガシ、長嶺を引っ張ってこい」

動揺を打ち消すように丼を勢いよくかき込みながら、鬼塚が言ってのけた。

「そんな無茶な」

ヒガシが鼻で笑った。しごく当然のことだが、鬼塚はあきらめそうもない。

「あれから一週間。ここらで決着をつけんことには、わしの顔が立たん」

あっという間に鬼塚が丼を空にした。

「なんぞ証拠でもあるんかいな」

次郎さんが鬼塚にお茶を出した。

「捜査上の秘密や」

「動機は何なんです」

「動機やなんて、摩利もいっぱしの口をきくやないか」

鬼塚が楊枝（ようじ）を使った。

「子どもでも、それくらいのこと言いますよ」

わたしは少しだけ反論した。

「動機てなもんは後付けでええ。今の時代はな、わけの分からんことで人を殺すヤツはいくらでもおる」

鬼塚は不敵な笑みを浮かべた。

「わしも摩利さんと同じやな。長嶺は好かんやつやけど、人を殺すような人間やない。冤罪にならんように気ぃ付けな」

そう言って次郎さんが鬼塚にお茶を注ぎ足した。

「長嶺が犯人だったとして、どうやって青酸カリを入手できたんでしょうね」

ヒガシが首をかしげた。

「それを調べるのがおまえの仕事やないか」

鬼塚がこともなげに言った。

鬼塚はどうしても長嶺を犯人に仕立て上げたいらしい。きっと誰でもいいんだ。少しでも早く犯人を検挙して、楽になりたいのだろう。次郎さんじゃないけど、こういうことが冤罪に結びついてしまうのだ。それを防ぐためにも、わたしが早く真犯人を捜しださねば。さっきから急に気になり出したことを早くたしかめたくなってきた。

「なんぞ心当たりでもあるんか」

楊枝を前歯に挟んだまま、鬼塚がわたしに顔を向けた。神経は鈍いけど勘は鋭い。

「人が人を殺すには、よほどの理由があると思うんです」

「昔はそうやったけど、今はそうとは言えん」

珍しく鬼塚がまじめに答えてくれた。

「愉快犯だとか通り魔だとか、そういう殺人事件もあるとは思いますが、今回はそうではないと思います」

わたしはきっぱりと言いきった。

「ほう。その根拠は何や」

カウンターチェアをくるりと回して、鬼塚がわたしに顔を近づけた。

「勘です」

「はあ？」

鬼塚の顔が間近に迫った。

「直感ではいけませんか」

にらみ返してやった。

「素人の直感てなもんはやなぁ、ろくでもない話にしか……」

鬼塚の身体が揺れ始めた。

「素人だから直感に頼るんですよ」

鬼塚の顔に息を吹きかけてみた。

「勘やとか、直感で犯人を……」

目がうつろになったと同時に、鬼塚がカウンターに突っ伏した。

「酔いつぶれてしまいよった」

次郎さんが半笑いした。

「本当に？　一滴も飲んでないのに？」

横にへしゃげた鬼塚の顔を覗き込んだ。

「摩利さんがいけないんですよ」

ヒガシがわたしの口元を指差した。

「まさかこれくらいで……。てっきり冗談だと思ってたんです」

「寝かしときまひょ。この季節やさかい風邪ひくこともないやろし」

次郎さんが脱いだ作務衣を鬼塚の背中にかけた。

「きっとこのまま朝までぐっすりですよ」

ヒガシがスマートフォンを耳に当てた。

「もし間違ってお酒飲んだりしたら大変なことになりますね」

わたしはお酒を鬼塚から遠ざけた。

「子どものころに、正月のお屠蘇をなめて死にかけよったんです」

「本当にそんな人がいるんですね」

話には聞いていたが実際に出会ったのは初めてだ。

「もしもし、東山ですが、主任は今夜も帰れそうにありません。ええ、僕と一緒ですからご心配なく」

鬼塚の奥さんに連絡しているのだろう。細やかな配慮のできる男だ。わたしのパートナーとしては申し分ない性格をしている。

「すんまへんなぁ、わしから義姉さんに連絡せなあきませんのに」

　次郎さんが申し訳なさそうに頭を下げた。

「主任はいつでも、どこでも寝ちゃうんです。寝ると絶対に起きない。いつものことです」

　ヒガシはこともなげに言った。

「奥さんは心配でしょうね」

「以前はタクシーでおうちまで送っていたんですが、最近は奥さんが、そこでそのまま寝かせておいてくれ、って」

　ヒガシがほほ笑んだ。

「義姉さんもあきらめはったんでしょう」

　鬼塚の奥さんがどういう人なのか見てみたい気がする。意外に強烈な美人だったりするから、人間っておもしろい。それはさておき、わたしには一刻も早くたしかめなければいけないことがある。

「明日は忙しいんですか？」

　ヒガシに訊いてみた。

「忙しいといえば忙しいし、手詰まりですからヒマといえばヒマ。何か？」

　ヒガシがわたしに顔を向けた。

「直接事件に関わることかどうかは分かりませんけど、少し気になることがあって、それをたしかめに行きたいんです。一緒に行ってもらえません?」

わたしも大胆なことを言うようになったものだ。

「いいですよ。でも、どんなことなのか、先に聞かせてもらえますか。捜査の一環として同行するのなら下調べもしなきゃいけませんし」

ヒガシがまじめな顔つきで言った。

「ですよね。でも、こんな場所でそんな話をしてもいいのかしら」

わたしは次郎さんを横目で見た。

「耳をふさいどいたらよろしいんやろ。分かってますがな」

飲み込みの早い男は好きだ。わたしは安心して、思いついたことをそのままヒガシに話した。

ヒガシは何度も首をかしげながら、それでも熱心にわたしの話を聞いてくれた。

3.

二条城の近く、油小路(あぶらのこうじ)通に面して、そのお店は建っている。創業は三百五十年以上も前だそうだが、もちろん今の建物はそんなに古くはない。とは言っても、明治時代の洋風建築だ。

京都の店は年季が入っている。老舗だからといって、京町家だとは限らないから、本当に京都はややこしい。

調べものに手間どっているから遅くなる、とヒガシから連絡があった。それを待ってからにしようかとも思ったけれど、早くたしかめたいという気持ちが勝ってしまった。こんなに緊張したのは、初めて飛行機に乗ったとき以来だろう、たぶん。

がらがらと音を立てて引き戸を開けた。

「摩利さんやおへんか。注文もせんと、いきなりお越しになるのは初めてですがな。あいにくすぐにご用意できる菓子は限られてまっせ」

珍しく龍寄さんが店番をしていたのはラッキーと言っていいのかどうか。

「今日はお菓子を買いに来たんじゃないんです。ちょっとお訊きしたいことがあって伺いました」

わたしは少しばかり神妙な顔つきになった。

「そうでしたか。どないなお話か分かりまへんけど、わしでお役に立てますのかいな」

龍寄さんは少し困ったような顔をわたしに向けた。

「奥にお邪魔してもいいですか」

わたしは工房を覗き込んだ。

「相変わらず散らかっとりますけど、どうぞ」

奥に目を遣った龍嵜さんの視線が、いつになく鋭くなったことに、わたしの小さな胸が痛んだ。

「龍嵜さんが審査員をされてたなんて、まったく知りませんでした」

わたしは直球を投げてみた。

「あの和スイーツコンテストのことですか。頼まれたら嫌とは言えまへんのや。父親っちゅうもんは娘に弱いですしな」

龍嵜さんが目を細めた。

「圭子さんの頼みだったんですか」

「うちも次の代のことを考えんとあきませんしな。心の底から和菓子を愛してくれてはる摩利さんには、お伝えできまへんでした」

龍嵜さんが哀しい目をして、わたしの問いかけに遠回しな答え方をした。

伝統ある京都の和菓子を、スイーツなどという軽い言葉でくくりたくない。初めてこの店を訪ねたときに、龍嵜さんが何度も言ったのを、わたしは絶対に忘れない。

「わたしは、ちゃんとした話ができる前に父を亡くしたので、龍嵜さんのお気持ちは分かるようで分かりません。父親と娘の間にどんな感情が通い合うのか。でも、これまで龍嵜さんが言ってこられたこと、作ってこられた和菓子、それを否定されることはないのでは」

龍嵜さんを責めるような言い方になってしまったことを、わたしは少しばかり後悔した。

「うちの店がここまでやってこれたんも、代々、店を継いできたもんが、頭をやわらこうして、変化を受け入れてきたからやと思うてます。頑固一本で店を続けることは難しおす」

龍嵜さんは、わたしと目を合わさずにそう言いきった。

いつもの龍嵜さんと明らかに違う。わたしの不安は高まるばかりだ。

「で、わしに訊きたいことて何です？」

いつになく低い声で、龍嵜さんが言った。

本題に入ろうと思って、わたしは菓子工房の中を見回した。

「あれ？　ここに貼ってあった写真は？」

「なんのことです？　写真なんぞありましたかいな」

相変わらず龍嵜さんはわたしと目を合わさない。

「あったじゃないですか。モンブランみたいな栗きんとんの写真」

わたしの記憶は絶対正しいはずだ。

「知りまへんなぁ。他の店と間違うてはるのやないですか」

龍嵜さんは下を向いたまま、練り切り菓子を作っている。

「てっきり龍嵜さんが試作されたお菓子の写真だと思ってました。思い違いだったのかなぁ」

「たぶんそうでっしゃろ。モンブランてな洋菓子、うちとは関係おへん」

龍嵜さんが語気を強めた。

とても哀しいことだが、わたしの疑問は確信に変わった。龍嵜さんは隠している。うそをついている。うそをつかなきゃいけない理由があるのだ。

「このお店に初めてお邪魔したときのこと、覚えてられます？」

情に訴えることにした。

「そんなもん、忘れられますかいな。いきなり訪ねてきはって、どこの和三盆糖を使うてるかやとか、菓子の木型はいつの時代のもんやなんて、そんなことを訊ねるお客さんは初めてでした」

工房に入ってから初めて、龍嵜さんが顔を上げた。

「わたしはずっと京都の和菓子に憧れてきたのに、どのお店に行っても、〈スイーツ〉ばっかり。あまりにもイメージと違っていたことにがっかりしていたところ、このお店に来て、やっと本当の和菓子屋さんに出会えたと思ったんです」

「ありがたいことやと思うてます」

龍嵜さんはわたしの目をまっすぐに見つめた。

やっといつもの龍嵜さんに戻ったような気がした。

「きっとわたしは夢を見たんでしょうね。そこの隅っこにモンブランみたいな和菓子の写真が貼ってあって、ノミネートされた坂之上さんの作品とそっくりだったんです」

わたしは横目で龍嵜さんの表情を見た。

「おもしろい夢を見はったんですなぁ。わしも審査員という立場上、坂之上さんの作品を見せてもらいましたけど、なかなかようできてましたで。和菓子とスイーツの境界線とでもいうんですか。これも和菓子やというてええ、ギリギリの限界やと思いましたな」

「そりゃあそうでしょう。だって龍嵜さんがお作りになったお菓子ですもん」

しつこく食い下がった。

「まだ、そんなこと言うてはりますのか。まぁ夢の中の話ですさかい、好きに想像してもろてもええんですけど」

「本当にわたしの夢なんでしょうか」

「決まってますやろ」

また龍嵜さんが目をそらせた。

黙々と練り切りを作る龍嵜さんの手元を、わたしはただただ見続けるしかない。相変わらずほれぼれする手さばきだ。桔梗（ききょう）に見えるけど、見方によっては竜胆（りんどう）っぽい。紫のグラデーションは、この後どんな形に変わっていくのだろうか。でも見とれているわけにはいかない。何かを話さなければいけないとも思うし。しばらく沈黙が続いたからだろうか。思ってもいない言葉がわたしの口から出た。

「なぜなんです？　なぜ坂之上さんを殺したんです？」

　何かがとり憑いたとしか思えない言葉だ。

「わしが坂之上さんを殺した？　また摩利さん、突拍子もない話ですな」

　龍嵜さんは鼻で笑った。当然のことだろう。あまりに唐突過ぎる。何ひとつ根拠もないし、確証もない。ただただわたしは勘だけを頼りにして言ったのだから。

「そもそもわしが坂之上さんを殺して、いったい何の得がありますんや」

　龍嵜さんが苦笑いした。

　伝統的な京都の和菓子を守ろうとする龍嵜さんと、そこに風穴を開けようとする坂之上さんが対立していたとしても、相手を殺して何かが変わるわけでもない。時代がどちらを受け入れるのか。それはお客さんが決めることなのだ。

「本当に龍嵜さんは坂之上さんを殺してないのですか？」

　わたしはしつこく食い下がった。

「何を思うて、突然こんなことを摩利さんが言い出さはったのか、わしには分かりまへんけど、的外れもええとこでしたな」

龍嵜さんはホッとしたように肩の力を抜いた。

わたしは警察官でもなければ、探偵でもない。『ジャスミン荘』という長屋の、ただの大家だ。それがいったい何をしようとしているのか。自分でも分からない。

しかも、あの写真がないことには、わたしは何も言えない。思い違いだと言われて、そこから先に進めない。写真がなくなっているなんて、そんなこと、まったく想定していなかった。

自分の思ったとおりに世の中が動いていると思ったら大間違いだ。ベトナムの学校で、大好きだった先生に何度もそう言われた。そんなことを思い出して懐かしがっている場合ではないのだけど。

「ぼちぼちお引き取りいただいてもよろしいかいな。お茶会用の菓子をようけ作らんなりませんのや」

これ以上、龍嵜さんの邪魔をするわけにはいかない。次郎さんの言うとおりだ。素人が首を突っ込んではいけない話だったのだ。こんなときにヒガシがいてくれたら、少しは状況が変わっただろうに。大事なときにいないなんて、パートナー失格だ。

わたしが腰を浮かせて、帰り支度を始めると、龍嵜さんはホッとしたように、大きなため息をついた。

鼻の穴を大きく広げて、わたしを笑い飛ばす鬼塚の顔が浮かんだ、ちょうどそのときだった。

「大将、東山さんという方がお見えになってますけど」

〈実習生〉という名札を付けた、若い女性職人が龍嵜さんに伺いをたてた。待ち焦がれた白馬の王子さまの登場だ。

「東山？　誰やそれ。今取り込み中やと言うて断り」

龍嵜さんがあっさりと言った。

「東山さんは洛東（らくとう）署の刑事さんです。差支えなかったら」

わたしは龍嵜さんの顔を覗きこんだ。

「刑事がなんでうちに？　まぁええ。入ってもらい」

最初は少し困った顔をしたけど、姿勢を正した龍嵜さんは店の入口に目を向けた。

「失礼します」

身分証を提示して、工房に入ってきたヒガシは、これまでに見たことのないような、険しい表情を見せた。

「警察の方が、わしに何の用事です？」

「摩利さんのご用は済んだんですか？」

龍嵜の問いかけに答えず、ヒガシはわたしの目をまっすぐ見つめた。

「済んだといえば済んだのですが」

なんとなくヒガシの意図を汲みとって答えた。

「じゃあ僕のほうの用件に移らせていただきます」

ヒガシが龍嵜さんに向き直った。

「どんなご用かは知りまへんけど、手短にしとうくれやすな。ようけ仕事がたまってますんや」

「では単刀直入にお訊きします。あなたが審査員を務めておられる〈京都・和スイーツコンテスト〉にノミネートされていた、坂之上佑二さんが亡くなられたことはご存じですね」

「こんだけニュースになってるんやさかい、知らんかったらおかしおすやろ」

龍嵜さんがせせら笑った。

「では九月四日の深夜十一時ごろから五日の午前二時ごろまでの間、あなたはどちらにいらっしゃいましたか」

「わしのアリバイですかいな。それは答えんとあきまへんのか」

「お答えにならなくてもけっこうですが、答えられない事情があるものと判断しますので、それでもよければ」

「夏風邪気味やったんで、四日の晩は早ぅに休みました。布団に入ったんは十時ごろやったかなぁ」

しかたなくといったふうに龍嵜さんが答えた。

「それを証明できますか」

「できるわけおへんがな。ひとり暮らしですさかい」

ヒガシと龍嵜さんの緊迫したやり取りを横で見ていて、テレビドラマとまったく同じなんだと感心するしかなかった。

「九月四日の夜十一時四十五分ごろ、あなたは『ジャスミン荘』の坂之上さんをお訪ねになった。間違いありませんね」

「さっきの話を聞いてはりませんのか。四日の晩は早ぅに休んだて言うてますやないか」

「では、この映像はあなたではないということですか」

ヒガシがディスプレイを見せた瞬間、龍嵜さんが凍りついた。

「………」

いったい何が映っているのだろう。わたしには見せてくれないのだろうか。

「これはどこだか、摩利さんなら分かりますよね」

ヒガシがディスプレイをわたしに向けた。

わたしは息を呑んだ。そこに映っているのは、誰が見ても龍嵜さんに間違いないし、その足が向いているのは『ジャスミン荘』へと通じる細道だ。いったい誰が、どうしてこんな映像を撮ったのだろう。九月四日二十三時四十三分と時刻まで記録されているから、どこかの防犯カメラだろうか。

「あるお宅に設置された防犯カメラの映像です。もう一枚、一時間後の映像もありますが、それもご覧になりますか」

「…………」

龍嵜さんは押し黙ったままだ。

「お認めになりますね」

ヒガシが畳みかける。なんだか頼もしい。わたしの目は星でいっぱいになった。

「わしの勘違いでしたな。あの日、坂之上さんに会いに行ったんは事実です。小一時間話しましたかなぁ。それだけです」

わたしには、龍嵜さんの往生際（おうじょうぎわ）が悪いようにしか見えない。

「坂之上さんとお会いになったことは認められるんですね」

ヒガシにはまったく動揺している様子が見えないけれど、本当のところはどうなのだろう。

「今言うたとおりです」

龍嵜さんが作業に戻った。

「何をお話しされたんです？」

「ただの世間話です」

「れっきとしたフィアンセがいるのに、娘をたぶらかして、もてあそぶのはやめてくれ、そう抗議に行かれたんですね」

ヒガシが鋭い目つきで言った。

え？　坂之上さんが圭子さんをたぶらかす？　まさかそんな。驚きのあまり、わたしは声を上げそうになった。

「なんの話です。圭子とあいつは何の関係もありまへん」

龍嵜さんが血相を変えた。

「ご本人の圭子さんは認められましたよ。自分は坂之上にだまされていたと」

ヒガシの言葉に龍嵜さんは肩を落とした。

「たしかにその話はしました。けど、わしはあいつを殺したりはしてまへん。それくらいのことで人を殺してたら、世の中殺人事件だらけですがな」

龍寄さんが薄く笑った。

たしかにそのとおりだ。だけどわたしが想像していたことと重ね合わせると……。

「ただの恋愛関係だけでしたら、おっしゃるとおりです。でも、圭子さんをたぶらかして、あなたが作り出されたお菓子のレシピを盗んだとなると、話は違ってきます。充分殺人の動機になると思いますが」

ヒガシが調べたのか、圭子さんが自分で言ったのか、たぶん両方だと思うけど、ヒガシの説明はわたしが思っていたことと、ぴったり一致した。

「そんな話は知りまへんなぁ。圭子がそないなことを言うてたかもしれまへんけど、きっと思い違いですやろ」

龍寄さんが横目でわたしを見た。悔しいけど証拠の写真がなくなっているから、それを証明できない。ヒガシがわたしに目で訴えているのも分かるけど、どうしようもないのだ。

「あれこれ言うてはるけど、どれも想像に過ぎまへんがな。第一、わしがどないして、あいつを殺したて言わはるんです？　なんやテレビでは薬物がどうたらこうたら言うてますけど、わしとはまるで結びつきまへんで」

龍寄が攻勢に転じた。たしかにそうだ。青酸カリなんていう毒物を龍寄さんが持っているはずがない。そこをうっかり忘れていた。ということは、やっぱり龍寄さんは犯人じゃなかったんだ。ヒガシを見るとうつむき加減になっている。どうやら打たれ弱いようだ。

「想像だけと違うで。あんたが坂之上を殺したっちゅう証拠は、間違いのうこの家にある」

そこへずかずかと入り込んできたのは鬼塚だ。ヒガシとわたしのピンチを救ってくれるのか、それともすべてをぶち壊すのか。お手並み拝見だ。

「いきなり失礼な」

龍嵜さんが顔をしかめた。

「うちの上司です」

ヒガシの言葉に合わせて、鬼塚が身分証を見せた。

「わしを出し抜こうと思うても、そうはいかんぞ」

鬼塚はヒガシをにらみつけた。

「出し抜くだなんて」

ヒガシがうろたえている。まさか本当に出し抜くつもりだったのか。

「できの悪い部下と、ど素人の摩利が何を言うとったかは知らんけど、あんたが坂之上を毒殺したんは間違いない。署まで来てもらうさかいに早う準備せえ」

いつもどおりに鬼塚は強引だ。

「何を言うてはるのか。ハッタリかますような真似はやめなはれ」

龍寄さんは動じるそぶりも見せずに、菓子作りを続けている。

「ほう、練り切りか。旨そうやないか」

鬼塚が作りかけの菓子を取って、口に放り込んだ。

「何をしますんや。そんな汚い手で」

龍寄さんが血相を変えた。

「さっききれいに洗うたとこや。人を殺めたあんたの手のほうが、よっぽど汚いのと違うか」

鬼塚が龍寄さんをにらみつけた。

「なんの証拠もないのに、人殺し呼ばわりは名誉毀損(きそん)でっせ」

龍寄さんはまた菓子作りに戻った。鬼塚はその様子をじっと見ている。なんだか不気味な感じだ。

「わしは、あんたの作った干菓子が好きでな。甘さといい、形といい、京都の菓子屋では一番やと思うてる」

いつもの鬼塚とは違う。

「ほめてもらうのはありがたいことですけど」

龍寄さんもだけど、わたしも鬼塚の言葉の意味をはかりかねている。

「先月のバッタ、あの形を作るのは大変やろ。どないしたら、あんなうまいことバッタの形になるんや。きっとええ見本があるんやろな」

鬼塚の言葉に龍寄さんの手が止まった。

何がなんだか。わたしはヒガシと顔を見合わせて、同時に首をかしげた。

「わしの言うてること、分かるな」

鬼塚がやさしく語りかけると、龍寄さんの目に涙がたまった。

「あんたの作った菓子が食えんようになるのは残念なんやが……」

鬼塚が顔を歪めて、お腹を押さえた。

「わしも残念です」

龍寄さんがぽつりと言った。

「あかん。昼に食うた鯖に当たったらしい。ヒガシ、わしを病院に連れて行け。摩利、後はまかした」

ふらついた足取りでヒガシの肩に手を置いた鬼塚が工房から出て行った。いったい何がどうなっているのか。

「あの方は警察の人やったんですか。ちょいちょい買いに来てくれたはりました。甘いもん好きな方を裏切ったらあきまへんな」

　龍嵜さんは鬼塚の背中を目で追ってから、頭を下げた。

「ああ見えて、実はやさしい人なんですね」

「ありがたいことです。洛東署て言うてはりましたな。支度して出向きますわ。一緒に行ってもらえますやろか。警察へ行くてなこと初めてでっさかい」

　龍嵜さんが涙目で笑った。

「なんでこんなことに……」

　正直な気持ちだった。なぜ龍嵜さんは坂之上さんを殺さなければならなかったのか。

　ほんの数分だったけど、わたしにはとても長い時間に思えた。支度を終えた龍嵜さんは小さな黒いかばんを手にして、わたしの前に立った。

「お待たせしましたな」

　重い足取りというのは、こういうときのための言葉なのだろう。敷居をまたいで店の外に出た龍嵜さんは何度も店の看板を振り返った。

　通りかかったタクシーを停めて、わたしと龍嵜さんが乗り込むと、甲高い叫び声が聞こえた。

「お父さん」

　わたしはてっきり林エリカだと思った。いや、本当に間違うくらいそっくりだった。

「圭子、後は頼んだで」

龍嵜さんは窓を開けて、圭子さんの手をしっかりと握った。

後は言葉にならない。圭子さんがいつまでも離そうとしない手を振りほどくようにして、龍嵜さんが窓を閉めた。

「運転手さん、洛東署までお願いします」

覚悟を決めたのだろう、龍嵜さんの顔は晴れやかだった。

わたしにはまだまだ、分からないことだらけだけど、鬼塚の言葉が決め手となって、龍嵜さんが観念したことだけはたしかだ。それはいったい……。

「モンブランが泣いてますやろなぁ」

龍嵜さんの目にきらりと光るものを見た。

第二話

幽霊コーヒー

1.

思ったとおり、空家になった〈十番〉の借り手はなかなか見つからない。そりゃそうだろう。殺人事件があったばかりの部屋を借りようなんて、よほどのホラーマニアか無頓着な人間に限られる。

あの忌まわしい事件から、ちょうどひと月。わたしはいつものように『贋作』のカウンターで盃を傾けている。

「いっそ家賃を半額にするとかはどうです？」

松茸(まつたけ)を揚げながら、次郎さんが無責任なことを言う。

「そんなことしたら、余計に気味悪がられるだけだと思うわ」

まさか『贋作』にこんな高級な料理があるとは思わなかった。たしかに松茸のフライが好物だと言ったけど。美味しそうだが、勘定のほうが気になってしかたがない。

「中国産の松茸ですさかい心配要りまへん」

次郎さんにかかると、わたしの胸なんかガラス張りみたいなものだ。

「その後、お兄さんの具合はいかがです」

恥ずかしいので話題を変えた。

「おかげさんで、術後も順調みたいです」

「あのときはてっきり、龍嵜さんに気を遣って病気のふりをされたのだとばかり」

「そんな洒落た真似のできる兄貴やおへんわな」

次郎さんが苦笑いした。

本当にそうなのだろうか。今もわたしは少しばかり疑っている。鬼塚が盲腸の手術をしたのは事実だろうけど、急な腹痛を訴えたのは仮病だったように思えてしかたがない。そのおかげで龍嵜さんは自首できたわけで、きっと刑も軽くなるはずだ。それを狙っての腹痛騒ぎが、〈瓢箪から駒〉になったのだろう。って、この喩えって合っているのかしら。

「けど、昆虫標本に青酸カリが使われるてなこと、知りまへんでしたなぁ。摩利さんは知ってはったんですか？」

次郎さんは、揚がったばかりの松茸フライの油を切っている。わたしは生唾を呑み込んでから、問いに答えた。

「干菓子作りの参考にするために、龍嵜さんが昆虫標本を作っていたことは知っていたけど、まさかそれに毒薬が使われていたなんて」

「シアン化カリウムを使うと、昆虫の色は褪せへんようになるんやそうですな。しかし、それを人に使うたら、あない無残なことになりますんやなぁ」

　次郎さんは、丸い洋皿に懐紙を敷き、その上に松茸のフライを載せた。

「龍寄さんの昆虫標本作りは有名だったし、そのためにシアン化カリウムを売って欲しいと頼まれたら、薬局の人も疑わずに売りますよね」

　そう話しながらも、わたしの興味は既に、毒物から松茸に移ってしまっていた。

「いよいよ秋本番ですねぇ。どう食べたらいいですか」

「酢橘を絞って、塩をふってもらうか、ウスターソースを付けてもらうか。どっちでもお好きなように」

「いただきます」

　松茸の魅力は、なんといってもこの薫りだ。この薫りさえあれば、生まれが中国だろうがどこだろうがかまわない。ひと切れ目は何も付けずにそのまま食べた。キシャッとした歯ごたえと一緒に、なんとも言えずいい薫りが広がる。

　ふた切れ目はやっぱりソースかな。箸を伸ばそうとした瞬間、店の外から女の人の悲鳴のような声が聞こえた。思わず次郎さんと顔を見合わせた。

「人間の悲鳴でしたな」

　次郎さんの言葉に、わたしは大きくうなずいた。と同時に次郎さんが引き戸を開けて飛び出していった。

　わたしもすぐ後に続こうと思ったのだけど、揚げ物は熱いうちに食べないといけない。亡くなった両親から、何度もそう言われたことを思いだした。急いでふた切れ目の松茸フライを味わってから、ようやく席を立った。

　どうやら悲鳴の主は、〈十番〉の隣、〈八番〉でコーヒーショップ『しぁんくれーる』を営む佐野珠樹さんだったようだ。店の前にへたりこんでいる珠樹さんの手を、次郎さんがしっかりと握っていた。

「何があったんですか」

　口をもぐもぐさせながら、ヒョウ柄のパジャマを着た珠樹さんに訊いた。

「〈十番〉に幽霊が出たんやそうな」

　震えが止まらない珠樹さんに代わって、次郎さんが答えた。

　殺人事件の次は幽霊。これでますます入居者は遠のいた。

「今はもういないみたいですね」

　わたしは暗闇に沈む〈十番〉に目をこらした。

「さ、坂之上さんや。あの窓に影が映ってた」

　声を震わせて、珠樹さんが〈十番〉の二階の窓を指した。

「ちゃんと鍵もかけたはずだし、人は入れないと思うんだけど」

わたしはたしかめに行く勇気がないので、次郎さんに目で頼んだ。

「しゃあないなぁ」

へっぴり腰だけど、次郎さんはおそるおそる〈十番〉の戸締まりを確認した。

「しっかり鍵かかってますで。何かの光が窓に反射したんと違うかな」

次郎さんが周りを見回した。

「絶対間違いないて。うらめしそうにこっちを見てたんや。きっと、うちが反対してたんを、まだ恨んではるんやわ。なんまんだぶ、なんまんだぶ」

お洒落なコーヒーショップのオーナーとは思えないほど、珠樹さんは古臭いリアクションをした。隣の〈十番〉で坂之上さんがお店を開くのに猛反対したため一度は犯人と疑われたくらいだから、坂之上さんから、あの世で恨まれているかもしれない。そんな気持ちが幽霊につながったのだろう。

「まぁ、この辺りは昔は髑髏町て言われとったんやさかい、幽霊が出てもおかしいことはないけどな」

「余計なこと言わないでください。それでなくても誰も〈十番〉には寄り付かないんですから」

わたしは次郎さんをにらみつけた。

かつて鳥辺野と呼ばれる葬送の地だったことから、この辺りは髑髏町と呼ばれていた。それが今は轆轤町という町名に変わっている。ドクロからロクロへ昇格した。誰だってドクロの付いた町名なんか嫌に決まっている。でも漢字だと髑髏も轆轤も同じように見えてしまう。だからわたしは『ジャスミン荘』に変えたのだ。

「明日にでもお祓いしてもらわんと、安心して住まれへんがな。摩利さん、頼んだえ。せやないと長屋を出て行くしな」

ふらふらと立ち上がって、珠樹さんがわたしに脅しをかけてきた。

「はいはい。ちゃんとお祓いしてもらいますから、出て行くなんて言わないでくださいね」

京都に来て三月ほどで分かったことだが、京都のおばさんたちはこういう駆け引きが上手だ。放っておいたら、そのうち家賃の値下げを要求してくる。明日の朝一番に氏神さま、『六道神社』に連絡しなければ。

「どんな幽霊か知らんけど、危害を加えるようなことはないさかい、安心して休みなはれ。あんじょう鍵かけてな」

次郎さんに支えられて、珠樹さんは『しぁんくれーる』に戻っていった。

『贋作』に戻ろうとして、気になって〈十番〉を振り返ったとき、二階の窓に何かが映ったような気がしたけど、見なかったことにしようと思った。明日のお祓いさえ済めば大丈夫。

カウンターに腰かけ、付け合わせの千切りキャベツにたっぷりソースをかけたところへ、次郎さんが戻ってきた。

「長いこと平和な長屋やったのに、摩利さんが来はってから、いろいろありますな」

カウンターを挟んで、次郎さんが嫌味を言ってきた。

「ただの偶然ですよ」

続けざまに起こったトラブルをわたしのせいにされたのでは、たまったもんじゃないけど、自分でも少しそう思い始めている。

「偶然にしては重なり過ぎと違いますか。ホンマに平和な長屋でしたんやで」

次郎さんが粘っこい視線を向けてきた。

「今も充分平和じゃないですか。たまたま事件が続いただけで」

反論したものの状況は不利だ。

「ここに二十年以上おりますけど、人殺しも幽霊騒ぎも、見たことも聞いたこともありまへんでしたからな」

次郎さんがまた蒸し返した。いつもはさらりと流す次郎さんなのに。

「そうそう、ずっと気になってたんですけど、あのダイイング・メッセージって何だったんでしょうね。トカゲがどうとか、お兄さんが言ってたあれ」

　困ったときに話を変えるのは、わたしの得意技だ。

「わしも気になってたんで兄貴に訊きましたんや。手術の後に。ほしたら、なんて言うたと思います？」

「想像がつきません」

「あれはトカゲやのうて、亀のしっぽやったて。『亀屋久満』の亀」

　次郎さんの後を追いかけるようにして、わたしも笑った。

　たぶんダイイング・メッセージなんていうほどのものではなかったのだろうと思う。遺体のそばに爬虫類のしっぽのようなものが落ちていたのを、とにかく一刻も早く事件の解決にこぎつけたい鬼塚がこじつけたに違いない。次郎さんの話によると、ふたを開けてみれば、その正体はトカゲのしっぽでも亀のしっぽでもなく、坂之上さんがスイーツの材料に使おうとでも思ったのだろうか、乾燥したつくしだったそうだ。もしかしたら坂之上さんが本当に「亀のしっぽに見える」という理由で残したヒントだったのかもしれないが、これを「ダイイングメッセージだ」と言ったのは、鬼塚の強がりなんじゃないかとわたしは思う。

「けど、ようあんなお菓子の写真撮ってはりましたな。兄貴も言うてましたで、摩利さんのおかげやて」

鬼塚がそんなことを言うはずはないけど、わたしが撮った写真が動かぬ証拠になったことは、どうやら間違いなさそうだ。あの日、店に写真はなかったが、以前にそれを撮っていたことを思い出したのだ。何でもスマホで写さずにいられないクセが、こんなふうに役立つ日が来るとは。

「龍寄さんは新しいお菓子を試作したら、必ず写真に撮るんです。でも工房の壁に貼ってあることは滅多にないので、ちょっと気になって無意識に写してました」

「その勘が役に立ったんやさかい、大したもんや」

なんだか次郎さんの様子がおかしい。鬼塚が感謝してた、だとか、大したもんだ、だとか。そんなおべっかを言う人じゃない。ついさっきまで、わたしのことを疫病神みたいに言ってたくせに。

「摩利さんに折り入って、頼みがありますんやが」

やっぱりそうきたか。どうせそんなことだろうと思っていた。

「なんでしょう」

わたしは背筋を伸ばした。

「この店を使いたいという友だちがおるんですけど、どないですやろ」

次郎さんが上目遣いで言った。

「え？　『贋作』やめちゃうんですか」

　思わず大きな声を上げてしまった。

「いや、そうやない。わしが営業しとらん昼間だけ、貸して欲しいと言うとるんです」

　少しばかりホッとした。もしもこの『贋作』が店を閉めてしまったら、わたしは飢え死にしてしまうかもしれない。

「そのお友だちはここで何をしようと？」

「うどん屋をやりたいて言いますねん。今は趣味でうどんを打っとるんですけど、店を開くほどの資金も自信もない。ここでやってみて、うまいことといったらどっかに店を出したい。と、こういう話ですわ」

　次郎さんがお酒を注いでくれた。

　わたしは麺類の中でうどんが一番好きだ。ベトナムでいつも食べていたフォーと似ているようで似ていないけど、お出汁の薫りが絡んだうどんは毎日食べてもあきない。

　週に二回はお昼にうどんを食べている。すごく美味しいというほどでもないけど、すぐ近くにある『六原(ろくはら)食堂』のうどんは安くて美味しい。一番好きなのは鍋焼きうどん。店のメニューの中で一番高いが、それでも九百円だから嬉しい。行列ができることで有名な祇園(ぎおん)のうどん屋さんでは、ネギしか入っていないうどんが千三百円もするのだから。

「次郎さんがそれでいいんだったら、わたしはかまいませんよ」

しかたなく、といったふうな顔をしておいた。

『ジャスミン荘』の中にうどん屋さんができる。願ってもない話なんだけど、もろ手を挙げて賛成、なんて言っちゃいけない。京都というところでは、駆け引きも大事なのだ。

「摩利さんに了解してもろてホッとしました。同じ大学の後輩で気のええやつなんです」

「お友だちはいくつくらいの方なんです？」

ヒガシのライバルが出てきてくれそうな予感がした。

「二十五になるかならんか、くらいです。まだ独身ですし、人気が出るんやないかなぁ」

次郎さんが意味ありげに笑みを浮かべた。

こういうときは話半分に聞いたほうがいいのだろうが、どうしても超イケメンが頭に浮かんでしまう。

「昼間は『麺屋倉之介』、夜は今までどおり『贋作』っちゅうことで、よろしゅう頼みます」

カウンターに両手をついて、次郎さんが頭を下げた。店の名前まで決めているのなら、さっきのアレは儀式みたいなものだったのだろう。まんまと京都人の術中にはまってしまったけど。ランチの店が一軒増えた上に、イケメンに出会う機会が増えることを素直に喜んだ。

でもこのことが、『ジャスミン荘』とわたしの運命を将来大きく変えることになるとは、まったく予想もしていなかった。

2.

四か月前、『ジャスミン荘』の大家になって初めての仕事が、『六道神社』の宮司さんへ挨拶に行くことだったのを、つい昨日のことのように思い出した。それは宮司の大神さんも同じみたいだった。

「もうあれから四か月になりますか。まさに光陰矢のごとしですな。こうして生かされておるわたしたちは、一瞬たりとも無駄にしてはいけないのです」

祓の儀式を終えて、額の汗を拭いながら、大神さんはわたしに向き直った。どうやら神官の装束は見た目ほど涼しくないようだ。

『ジャスミン荘』のちょうど真ん中あたり。〈三番〉と〈五番〉の間には小さな祠がある。それは『六道神社』の末社なのだそうだ。末社というのは神社に付属する小さな社のことらしい。言ってみれば支店のようなものだろう。毎朝清めの塩とお神酒をお供えしていたのだが、それに対してお礼を言われたときは、てっきり嫌味かと思った。だって三日に一度は忘れているのだから。

「それにしても、若宮さまは大変な仕事をお引き受けになりましたな。店子の方がお亡くなりになったと思ったら、今度は幽霊ですか。これ以上の異変が起こらぬよう、念を入れてお祓いをしておきました。どうぞご安心くださいませ」

大神さんは時代掛かった口調で、わたしに向かって深々と一礼した。

「ありがとうございます。これでひと安心です」

わたしは〈十番〉の玄関先にまかれた塩を踏みしめた。

こうしてゆっくり向き合ってみると、大神さんは亡くなった父親によく似ている。年格好も同じくらいだし、何よりその古臭い言葉遣いが父そっくりだ。これも何かの縁というものなのだろう。

「また何かございましたら、遠慮なさらずにご連絡くださいませ。いつなんどきでも馳せ参じます」

今日はいつにもまして多額のお供えをしなければいけないのだろうな、と思いながらも、どれくらいが妥当なのか、わたしにはまったく分からない。

「今日のぶん、請求書を送ってもらっていいですか」

ベトナム育ちだから言える言葉なのだろう。

「わたしどもから請求するなどということはできるわけもございません。お気持ちに見合うだけを、いつもの口座に振り込んでいただければ」

そりゃあそうだろうな。今日のお祓いはコレコレシカジカで、なんて神職が言えるわけない。

「はい。それは重々承知しておりますが、もしも失礼があってはいけませんので」

少しばかり食い下がってみた。

「いくらであっても、失礼などということはございませんが、そうおっしゃるのであれば」

そう言って大神さんが袖の前に三本の指を立ててみせた。まさか三千円じゃないだろう。三万円が妥当な金額なのかどうかは、わたしにはまったく分からない。でもあれこれ思い悩むよりはるかにいいし、何よりこれで〈十番〉に平和が戻ってくるなら安いものだ。

「不調法なもので、お気を煩わせました」

京都人的な物言いも、かなり身についてきた。できるだけ丁寧に、相手を気遣うように、そして主語を曖昧に、がポイントだ。

大神さんを見送って、ふと伝言板に目を遣り、〈十番〉のところに何やらおかしな文字が書き込まれていることに気付いた。

伝言板は毎朝チェックしているけど、〈十番〉は空家だからと思って、うっかり見過ごしていた。だからこの文字がいつ書き込まれたかは分からない。一部が消えかけているから、少し前に書かれたものかもしれない。

たった一文字。それも字の大きさは一円玉ほどだけど、どう見てもそれは〈亀〉としか読めない。その瞬間わたしは身震いした。成仏できない坂之上さんが、龍嵜さんを恨みに思って、あの世から『亀屋久満』の一字を書きに来たのだろうか。

これを知ったら珠樹さんはきっと大騒ぎするに違いない。そっと消しておこうかと思ったが、ひょっとして事件の予告かもしれない。まずは大神さんを呼び戻さなきゃ、と思って急いで松原通まで出ると、バイクにまたがった大神さんの背中が小さくなっていた。

「どうかなさいましたか？　顔色が悪いみたいですが」

振り向くとそこにヒガシがいた。絵に描いたような展開だ。

「お久しぶりです。お仕事ですか？」

わたしは笑顔でしれっと答えた。すっかり冷静さを取り戻した。

「ちょっと早めにお昼をと思って。よかったらご一緒にいかがです？」

こういうときの言葉は、〈渡りに船〉でよかっただろうか。この誘いに乗らなかったら一生後悔するような気がした。

「その前にちょっと見て欲しいものがあるんですが」

「何です？」

ヒガシの顔が仕事モードに変わった。

わたしは昨日の幽霊騒動の話をしながら、伝言板までヒガシを案内した。

「たしかに〈亀〉という字に見えますね」

ヒガシが素早くデジカメで写真を撮った。

「でしょ？　幽霊はともかく、この書き込みは現実ですよね」

「でも、何も実害がないのですから、警察としては動きようがないです」

ヒガシがデジカメを仕舞った。

「もちろんそれは分かっています。気味が悪いので消そうと思ったのですが、いちおう誰かに見ておいて欲しかったんです。グッドタイミングでした」

「用心に越したことはないですから、念のために戸締まりはしっかりしてくださいね」

「はい。そういえば鍵をかけてなかったかも。ちょっと待っててくださいね」

「どうぞごゆっくり」

勘のいいヒガシは、わたしが化粧を直しに部屋に戻ることに気付いたのだろう。といっても、こういうときに念入りに化粧するようなバカではない。立ったまま薄く口紅だけ引いて、すぐに部屋を出た。

「どこへ食べに行くのか聞いてなかったので、こんな格好で来ちゃいましたけど」

「気楽な洋食屋ですから、何も問題ありませんよ」

〈グラン・メゾン〉に行くのでもない限り、いつものホットパンツなのだが、いちおう言っておかないと失礼かと思った。

「近くなんですか」

「すぐそこの宮川町(みやがわちょう)です。『グリル富久屋(ふくや)』ってご存じないですか」

そんな店があったっけ。宮川町といえば祇園や先斗町(ぽんとちょう)と同じくらいに有名な花街だ。ヒガシのお目当ては若くてきれいな舞妓さんかもしれない。なんだ、わたしは当て馬か。

「洋食はあまりお好きじゃないんですか」

ヒガシが顔を曇らせた。

「大好きですよ。嫌いな食べものはありませんし」

「ならよかった。お返事がなかったので」

「失礼しました。ちょっと考えごとをしていました」

舞妓さんにやきもちをやいてたなんて言えるわけがない。

「幽霊騒動、気になりますよね」

「ええ」

適当にごまかしておいた。

「ここなんですよ」

　ヒガシが立ちどまった。

「ここって洋食屋さんだったんですか。しょっちゅう前を通っていたんですけど、てっきり喫茶店だと思っていました」

　店の前に無造作に自転車が停まっていて、サンプルケースが置いてある。どう見ても普通の喫茶店だ。ヒガシがガラスのドアを開けると、軽やかなベルの音が鳴った。

「いらっしゃい。しばらくどしたな」

　どうやらヒガシは常連らしい。息子を迎える母親のような顔をして、おばさんがテーブル席へ案内した。

「素敵なお店ですね」

　おしぼりを使いながら、メニューを開いた。

「美味しいものがたくさんあり過ぎて、ここに来るといつも迷うんですよ」

　たしかにヒガシの言うとおりだ。ライスものから、サンドイッチ、洋食全般なんでも揃っている。あれもこれも食べたくなる。

「迷うたときは洋食弁当。いっつもそうでしたがな」

「でしたね」

　ヒガシとおばさんが顔を見合わせて笑った。

「こちらのきれいなお嬢さんはどないしはります？　よかったらうちの名物のフクヤライスにしときまひょか」

「フクヤライス？」

　きれいなお嬢さん。京都に来て初めて言われた。わたしは澄ました顔で訊き返した。

「この店オリジナルのオムライスなんです。見た目もきれいで美味しいんですよ」

　ヒガシが背中を押してくれたからには、引くわけにはいかない。

「じゃ、それをお願いします」

　わたしはメニューを閉じた。

「まさか摩利さんも、幽霊をご覧になったわけじゃないですよね」

　グラスの氷を鳴らして、ヒガシが冷水を飲んだ。

「残念ながら見てないんです」

「どう思います？」

「どうって？」

「そういうのを信じるほうですか？」

　ちょっと答えに詰まった。直感力というか超能力めいたものを持っているなんていう話はしないほうがいいだろうと思いながら、ヒガシがどう反応するのかを見てみたい気もする。

「そういうのがあったらおもしろいだろうな、と思うけど、そんな非科学的な話はねぇ」

またしても無難な受け答えをした。わたしはもう、立派な京都人だ。

「京都は古い街なので、よくその手の話は聞くんです。ときにはそれが原因で殺人事件が起こったりしますから、あながち聞き逃せないんですよ」

ヒガシが長く筋張った指をスマートフォンに滑らせる。わたしは本当にこの仕草に弱い。

「はい。フクヤライス」

おばさんがわたしの前に置いたそれは、想像をはるかに超えていた。

丸い洋皿に盛られているのは、たしかにオムライスなのだろうが、どう見ても春のお花畑だ。薄焼き卵にはハムやグリンピースがちりばめられ、ケチャップライスを覆い尽くしている。このビジュアルにキュンと来ない女子などきっといない。わたしも乙女のひとりだということを思いだした。

「こんなの初めて」

わたしはスプーンを持ったまま、乙女顔をヒガシに見せつけるために、きらきらと目を輝かせていた。

「はい。おにいさんはいつもの洋食弁当」

「ありがとう」

黒塗りの弁当箱が置かれると、ヒガシはすぐに蓋を取った。

「ご飯は多めにしときましたけど、足らなんだら言うてください」

無遠慮に覗き込んだお弁当箱には、エビフライ、ハンバーグ、小さなコロッケが入っていて、白ご飯とサラダが別区画におさめられている。こっちも食べてみたい。

「よかったら、摩利さん、つまんでくださいね」

ヒガシは本当にわたしの気持ちをよく分かっている。というより、わたしの表情が露骨なのだろうけど。

「いただきます」

フクヤライスにスプーンを入れると、やさしく淡い色合いのケチャップライスが顔を覗かせた。オムライスは大好きだけど、ケチャップの味があまりに強過ぎると辛いものがある。見た目はもちろん、味も京都ならではのやさしさを感じさせるフクヤライス、これが京都の洋食なのだ。スプーンを止めるのが難しい。

「気に入ってもらえました？」

エビフライのしっぽを指でつまんで、ヒガシがわたしに笑顔を向けた。

「こんなオムライス、初めてです。大盛りを頼めばよかったかな」

大げさではなく本音だった。この二倍のボリュームでも食べられそうな気がした。

「このコロッケも食べてみてください。旨いんですよ」

ヒガシがひと口コロッケをわたしの皿に載せた。できれば、あーん、とか言って欲しかったのだが。

コロモがはじけて、白いクリームがはみ出している。こういうの好きだ。迷わずひと口で食べた。

「おちょぼ口の舞妓ちゃんなんかに合うように、このサイズになったんだそうですよ」

ヒガシが言った。やっぱり。今日は舞妓さんがいなくて残念でしたね、と言ってやろうかと思ったけど、なんとか踏みとどまった。

上品な舞妓さんとはほど遠い存在だけど、こんなわたしにもなんとなく分かる。大口を開けて食べるのはみっともないけど、かと言って、小さく切り分けるのも味が損なわれるように思える。女性の心理をよく考えている。外からは、ただの喫茶店にしか見えない店でも、こんな工夫がなされている。京都に人気が集まるのには、それなりの理由があるのだ。

「食後のコーヒーはいかがです?」

ヒガシが弁当箱に蓋をした。

「コーヒーはあまり飲まないんですが」

「じゃあ一度ここのアイスコーヒーを飲んでみてください。旨いんですよ」と言って、「アイスふたつ」とヒガシがおばさんに告げた。

ひと息ついて、店の中を見回すと、舞妓さんの名前が赤字で書かれたうちわが飾られていた。ここで舞妓さんや芸妓さんが食べているところを見てみたい気がする。

「さっきの話ですけど、もしまた幽霊が出るようなことがあったら、いちおう知らせてください。犯罪につながることもあるかもしれませんから」

ヒガシがアイスコーヒーにクリームを入れた。

「分かりました。さっきお祓いをしてもらったから大丈夫だと思いますけど」

「お祓い?」

ヒガシが大きく目を見開いた。

うっかり言ってしまった。幽霊騒動があった翌日にお祓いをしてもらったなんて、ヒガシはわたしのことを怪しい女だと思うに違いない。

「ほんでさっき大神さんがバイクで走ってはったんやね。あの人にお祓いしてもらわはったんやったら安心どす」

誰に言うでもなく、おばさんが言った。京都の店のおばさんはみんな地獄耳なのだ。

「幽霊を見た珠樹さんに頼まれてしかたなく」

わたしは言い訳をしながらヒガシの顔色を窺った。

「大神さんにお祓いしてもらったんですか。じゃあ心配ないですね」

なんだ、この展開は。

「大きな声じゃ言えないんですけど、うちの署でもときどきお願いするんです。捜査ミスが続いたときなんかに」

ヒガシがこともなげに言った。

怪しまれるかバカにされるかのどちらかだと思っていたのに。京都というところは本当に不思議な街だ。警察までもが神頼みなのには驚くしかない。

「主任だけは、バカバカしいと言って、いつも参列しないんです。それできっとバチが当たって病気になったんだって、署長が言ってました」

ヒガシがわたしの耳元で言った。

「病状のほうはどうなんですか」

「まだ手術したばかりですから、しばらくは仕事できないでしょう」

ヒガシがホッとしたような表情を見せた。

「鬼さんがおらんと、この辺も静かでよろしいわ」

ぽつりとつぶやくおばさんは本当に耳がいい。どうやら鬼塚はよく知られた存在らしい。

「ごちそうさま」

ヒガシが上着の内ポケットから財布を出した。

「領収書要りまっか？」

「今日は私用だからけっこうです」

ヒガシがお釣りを受け取って財布にしまった。

「ご馳走になっていいんですか」

礼儀としていちおう訊いてみた。

「もちろんですよ。大したものじゃないですから」

「大したもんやのうて悪かったですな」

ちょっと口を尖らせて、こういう返し方をするのも、京都のおばさん独特のものだ。

「とっても美味しかったです。また来ますね」

わたしの言葉に、仏頂面から一転、満面の笑みで応えるのも、京都のおばさんの得意技だ。

見習わなくては。

「じゃ、また何かあったら連絡ください」

「ごちそうさまでした」

ヒガシの背中を見送って、『ジャスミン荘』へ戻る。ヒガシもお店のおばさんも太鼓判を押してくれたのだから、何も心配することはない。はずなのだが、胸にもやもやするものがつかえていて、足取りが重い。そしてそういう、わたしの嫌な予感というのは、たいてい外れたことがないのだ。

3.

いつもと比べて、妙に明るいと思ったら、『ジャスミン荘』へと通じる細道に救急車が停まって、赤色灯を回している。思わず駆け出したわたしの目に、〈八番〉の前に置かれた担架(たんか)が映った。

「何があったんです?」

救急隊員に訊いた。

「おたくは?」

「大家の若宮です」

「こちらの部屋の方から出動要請がありまして」

「珠樹さん、怪我でもされたんですか?」

わたしは〈八番〉を覗き込んだ。

「腰が抜けて立てなくなったということでして」

救急隊員は無理に神妙な顔つきをしているけど、本当は噴き出したいのではないかと思った。

「ひょっとして幽霊が出たとか言ってませんでした？」

「通報時にはそういうようなことも」

生真面目そうな救急隊員は、半笑いしている。

「珠樹さん、大丈夫ですか」

両脇を救急隊員に抱えられて出てきた珠樹さんに声をかけた。

「お祓いしてもらうの忘れたんやろ」

ふらつきながら、珠樹さんがわたしをにらみつけた。

「ちゃんと今朝やってもらいましたよ」

わたしはすぐさま反論した。

「ほんまぁ？　また出たんえ」

珠樹さんが上目遣いにわたしを見た。

「幽霊がですか？」

「うちのコーヒーを……」

「コーヒー?」

「幽霊が飲んでいかはった」

言い終えると同時に、珠樹さんが白目を剝いた。

「とりあえず病院へ運びますので、お話は後でお願いします」

珠樹さんは担架に寝かされ、救急車に乗せられた。

「付き添っていただけますか」

よく見ると、一番若い救急隊員はなかなかのイケメンだ。

「もちろんです」

わたしは素早く乗り込んだ。

「あいたた」

腰を押さえて、珠樹さんが顔を歪めた。どうやら正気は保っているようだ。

付き添いとは言え、救急車に乗るのは初めての体験だ。少しでも長く乗っていたい。珠樹さんには悪いけど、早く病院に着くことがないように祈った。

川端通に出た救急車は北に向かって走っている。わたしの予想どおりなら、きっと『京大病院』だ。五分くらいで着きそうなのは、なんとも残念だ。

「佐野さん、大丈夫ですか。もうすぐ着きますからね」

呼びかけにも答えず、珠樹さんは苦しそうに顔を歪めたままだ。よほどショックだったのだろう。

わたしの予想を裏切って、救急車は『京大病院』へは行かず、丸太町（まるたまち）通も荒神口（こうじんぐち）通も通り過ぎ、西側に見える『京都府立医大病院』もあっさりと通過した。いったいどこの病院へ行くのだろうか。まさかわたしのために遠くの病院へ搬送するわけではないだろうけど。

「どこまで行くのん？　救急車のドライブやったら、もう充分え」

珠樹さんがむくっと起き上がって窓の外を見回した。きっとわたし以上に不安なのだ。

「すんませんなぁ。受け入れ先がなかなか見つからんもんでして」

無線でやり取りしながら、年輩の救急隊員が珠樹さんに声をかけた。

「珠樹さん、大丈夫ですよ。わたしが付いてますから」

なんて、わたしは何を言ってるんだか。

「摩利さんには悪いけどな、そういうのを京都では〈屁の突っ張りにもならん〉て言うんどっせ」

にこりともせずに、珠樹さんが言うと、ハンドルを握る救急隊員がこらえきれずに噴き出した。

京都の人は上品な言葉遣いをするのだけれど、ときどきこういう、とんでもなく下品なことを平気で言うから、よく分からない。でもそのギャップがいいのかもしれない。

「佐野さん、お待たせしました」

救急車が停まったのは『京都けいさつ病院』だった。つまりは身内ということか。珠樹さんが乗せられた、カートと言っていいのか、脚付きの担架は、ごろごろと音を立てて、病院の中へ入っていき、わたしはその後を追いかけた。

「付き添いの方は診察が終わるまで、こちらでお待ちください」

　年輩の看護師が事務的に告げた。

『けいさつ病院』だから、そういう関係の患者ばかりかと思ったが、いたって普通で、ほとんどがお年寄りだった。みんな顔馴染みらしく、待合室で輪になって世間話に興じている。大きくハリのある声が飛び交い、どう見ても病人には見えない。

「後はお願いしてよろしいでしょうか。担当は大垣（おおがき）先生です」

　イケメン救急隊員が、わざわざ言いに来てくれた。わたしに気があったりして。

「はい。またよろしくお願いします」

　救急隊員に、また、というのもおかしな言い方だろうが、いちおう印象付けておいた。

　病院というところは長引くのだろうな。早めにお昼を食べておいてよかった。ヒガシとわたしは不思議な糸で結ばれているのだ。――そうだ、ヒガシに連絡しなくっちゃ。

わたしはスマホを取り出して、病院の外に出た。

呼出し音はするものの、ヒガシの声は聞こえてこない。三度繰り返してあきらめた。

何か事件でも起こったのだろうか。しかたなくわたしはスマホをバッグにしまって、病院に戻ろうと、自動ドアの前に立った。

「見舞いの品は何を持ってきたんや」

聞き覚えのある声が背中に突き刺さった。

「まさか手ぶらで来たてなことはないやろな」

振り向くと、予想どおりそこには鬼塚がいて、ちょっと間抜けなパジャマ姿だった。『京都けいさつ病院』。その名前でピンと来なかったわたしは勘が鈍い。当然予測できたことなのに。

「こちらに入院なさってたんですか」

「なんや、知らんと来たんか」

大きなレジ袋をさげた鬼塚がむくれ顔をした。

「外出しても大丈夫なんですか？」

「誰にもわしの行動は邪魔させせん」

レジ袋からアンパンを取り出した鬼塚がいきなりかじり始めた。

「こんなところで、いいんですか」

「摩利、おまえも食え。意外に旨いぞ」

鬼塚がアンパンをわたしに差し出した。

理性より食欲が勝ってしまうのは、わたしの悪いクセだ。病院の玄関口で、しかも立ったままアンパンをかじるという無様な姿をさらしてしまった。

大手パンメーカーの袋に入ったアンパンは、たしかに鬼塚の言うとおり、想像以上に美味しい。粒あんもしっかり形が残っているし、ほどよい甘さで、何より、ふっくらとしたパンそのものがとても美味しいのだ。

「わしの見舞いと違うたら、あれか。なんぞクセの悪い病気にでもかかったんか」

鬼塚は二個目のアンパンをかじっている。この程度の言われ方にはすっかり慣れてしまって、もはや何も感じない。順を追って、昨日からの幽霊騒動を話した。

「幽霊か。わしの捜査復帰第一弾には物足りん話やが、おもしろそうやないか。警察に入ったときから幽霊を捕まえるのが、わしの夢やったさかいな」

どこまで本気なのか。正体のつかめない男だ。

「幽霊を信じるような方じゃないと思っていたんですけど」

鬼塚の顔を覗き込んだ。

「幽霊てなもん、誰が信じるかい」

鬼塚が吐き捨てるように言った。

「じゃあ捕まえようがないじゃないですか」

「せやからおまえはど素人やっちゅうねん。〈幽霊の正体見たり枯れお婆〉、てな言葉、摩利は知らんやろなぁ」

またしても、おまえ呼ばわりだ。これだけはどうにも我慢ならないけど、抵抗しても無駄だから黙っていた。わたしがベトナムで学んだ言葉は〈幽霊の正体見たり枯れ尾花〉だったと思うのだが、〈枯れお婆〉も悪くない。承知の上で言い換えているのか、勘違いしているのか。本当に得体が知れない男だ。

「まずい。やっぱりクリームはあかんな」

ひと口食べて顔を歪めた鬼塚は、クリームパンを袋に突っ込んだ。道端に捨てないのは、かろうじて警察官という意識が残っているからか。

「手術されてから、まだ間がないと思うんですが、そんなの食べても大丈夫なんですか？」

「どろどろの粥、すりつぶした芋、煮たおした魚。そんなもん食えるか」

鬼塚は苦虫を嚙みつぶした。

「胃に負担をかけないような献立だと思いますけどね」

「おまえを捜しとるのと違うか」

わたしの言葉には耳を貸さず、鬼塚は受付を指差した。さっきの看護師が、きょろきょろと周囲を見回している。刑事だけにこういう勘は鋭いようだ。

「ごちそうさまでした」

言い残して、わたしはさっさと病院に戻った。

看護師の指示にしたがって処置室に入ると、ベッドに寝かされた珠樹さんの横に年輩の医師が座っていた。

「特に治療が必要だとは思えませんし、投薬も不要でしょう。精神的に多少不安定なところはありますが、お帰りいただいて問題ありません」

カルテにペンを走らせながら、わたしと珠樹さんの両方に交互に顔を向けて医師がおだやかな声で言った。

「ありがとうございます」

無言の珠樹さんに代わって、わたしが医師に頭を下げた。

「じゃ、おだいじに」

医師はそそくさと出て行き、珠樹さんはしかたなくといったふうに起き上がった。

「タクシー呼びましょうか」

「うち、お腹減ってるねん。この近所でなんか食べて帰らへん？」

珠樹さんがお腹を押さえた。

「すみません。さっきお昼を済ませたばかりなんです」

「ほな、どっか喫茶店行こ。あんたはお茶飲んだらええし、うちはランチでも食べるわ」

さっきまでと打って変わって、珠樹さんは素早く身支度を整えた。

「お世話になりました」

付き添い仕事がすっかり板についたわたしは、看護師さんにお礼を言った。

「この辺にランチやってる喫茶店あらへん？」

珠樹さんの眼中にはそれしかないらしい。

「病院を出て左に行くと、次の角っこにありますよ」

看護師が即答した。

「おおきに」

珠樹さんは早足で病院を出て、わたしはその後に続いた。

玄関前に鬼塚の姿はない。おとなしく病室に戻ったのだろう。看護師の言ったとおり、病院を出るとすぐ左側に喫茶店の看板が見えている。

「ほんまに近いんや」

店の前は駐車場になっていて、軽自動車が二台停まっている。その間を縫うように歩いて、珠樹さんがガラスドアを押した。

どこにでもあるような普通の喫茶店に入ると、大声でわたしの名が呼ばれた。

「摩利、こっちこっち」

パジャマ姿の鬼塚が立ち上がって手招きしている。なんという悪夢。珠樹さんと顔を見合わせて、互いにうなずくしかなかった。

「今日のランチはコロッケとハンバーグ。飯は大盛りもできる」

鬼塚がメニューをテーブルに広げた。

「うちはそれにするわ」

鬼塚は店員さんを呼んで、「ランチ三つや。ひとつは飯を大盛りにせい」と勝手にオーダーした。

「すみません。わたしはお昼を済ませたので、お茶にします」

「かまわん。わしがふたつ食う。摩利は紅茶か」

「え、ええ。じゃミルクティーで」

「ランチスリー、ライス大盛りワン、ミルクティーワン」

おばさん店員が調理場に注文を通した。

「ほんで今日の幽霊はどやったんや」

鬼塚が珠樹さんに訊いた。

「あんまり思いだしとうないんやけどな」

珠樹さんが声を落とした。

「事情聴取に応じんかったら強制捜査に切り替えるぞ」

鬼塚の声に周りの客は驚いている。きっと不思議な光景だろう。パジャマ姿の男が女性ふたりを前にして怒鳴っているのだから。

「逮捕できるもんならしてみいな」

珠樹さんは脅しに負けるような人ではない。

「幽霊にもその勢いで立ち向かえんのか」

ときどき鬼塚はまともなことを言う。

「姿が見えんもんに、どうやって立ち向かうんやな」

珠樹さんも一歩も引かない。

「姿も見えんのに、腰抜かしとるんかい」

「姿が見えんからやないの」

まるで子どものけんかだ。

「お待たせしました」

おばさん店員が紅茶をテーブルに置いた。

「なんでもいいから、早く幽霊騒動を解決してください」

紅茶にミルクを入れながら、わたしはふたりに言った。

「幽霊にコーヒーを盗み飲みされたんや」

しぶしぶといったふうに、珠樹さんが言った。

「立派な無銭飲食や。で、相手は誰や」

「人の話を聞いてへんのかいな。幽霊やて言うてるがな」

「誰の幽霊や、て訊いとる」

「誰の、て、そんなん分かったら世話ないわ」

相変わらず子どもみたいな会話だ。

「ランチお待たせしました」

三人分のランチがテーブルいっぱいに並んだ。ライスはともかく、おかずの載った皿はすごいボリュームだ。鬼塚は本当にこれをふたり分も食べるつもりなのだろうか。

「こんな店にしてはまともなランチやな」

おばさん店員がにらんでいることなど、鬼塚は気にかけるはずもない。割り箸をパキッと割り、半分に切ったハンバーグをライスの上に載せ、大きな口を開けて放りこんだ。

「期待せんと食うたら、そこそこいける」

口をもぐもぐさせながら鬼塚が、皿に箸を伸ばした。

「喫茶店のランチやったら、まぁ、こんなもんやろな。食べられんことない」

コロッケをかじって珠樹さんも同じような無遠慮なことを言う。

店の中で、よくもこんな会話を平気でできるものだ。店中から鋭い視線が飛んできているが、ふたりは一向に気にする様子はない。

「盗み飲みされたコーヒーやけどな、あんたが淹れたんか」

「うちやなかったら誰が淹れんねんな」

「目の前で盗み飲みされたんか」

鬼塚がコロッケをライスに載せた。箸の止まる時間がまったくない。

「そんなわけがないやろな。化粧を直しに洗面所に行ってる間にコーヒーが盗まれてたんや」

珠樹さんも鬼塚に負けない食欲だ。

「どれくらいの間や」

「そやなぁ、十分、いや十五分ほどかな」

「ぷっ」

噴き出して鬼塚がご飯粒を飛ばした。

「きったないなぁ」

珠樹さんが紙ナプキンで、テーブルに散ったそれを拭きはらった。

「その顔の化粧に十五分もかかるんかい」

「ほっといて」

子どものころ、ベトナムの日本語放送で聴いた夫婦漫才がこんな感じだった。

「あんたのとこはドリップか？」

「うちは昔からサイフォンや」

「理科の実験道具みたいなやつか」

「いろいろ試してみたけど、あれが一番美味しい。コーヒーは薫りが命やさかいな」

「それは正しい。ネルドリップが流行っとるけど、わしは好かん」

「へーえ、案外まともなこと言うんや」

「わしはまともなことしか言わん」

夫婦漫才は続く。

「っちゅうことはやな、フラスコの中にたまっとるはずのコーヒーがなくなってた、んやな」

「そうやねん。カップ四杯分淹れたつもりやのに、トイレから出てきたら二杯分しかないねん。びっくりしたわ」

「コーヒーというものは液体や。それを盗んだとなると、その場で飲んだか、もしくはなんらかの容器に移した、ということになる。あんたはどっちやと思うんや」

「たぶん六十五度くらいやさかい、その場で熱いコーヒーを二杯分飲むのはきついと思うえ。水筒かなんかに移して持って帰りやったん違うかなぁ」

「そういう容器が店からなくなっとったか？」

「うちにはそんな容れもんないわ」

「ということは、あらかじめ用意して犯行に及んだ。計画的犯行やな」

鬼塚がふた皿目に箸を付けた。

「珠樹さんがコーヒーを淹れる時間って、いつも決まっているんですか」

ようやくわたしも会話に入れた。

「そんなん決まってるかいな。お客さんの注文以外は、いっつも気まぐれや。うちが淹れたいときに淹れる」

「客もおらんのに、なんで四人分のコーヒーを淹れた」

そうそう、わたしが訊きたかったのは、まさにそこだ。どうしても素人は回りくどくなってしまう。その点はさすが鬼塚。プロは直球しか投げない。

「豆のブレンドを変えたんや。マンデリンをちょっと多めにして。せやから味を試してみんとあかんと思うて」

「それやったら、ひとり分でええやないか」

「素人には分からんやろけど、淹れる量で微妙に味が違うてくるんや。ひとり分やと薫りが弱いし、時間を置いたら味がどう変わるか、も試してみたかったんやわ。うちは出前も多いさかいな」

「そういうテストはよくあることなんですか？」

「ふた月か三月に一回くらいかなぁ」

珠樹さんがお皿を空にした。

「っちゅうことは、幽霊はあんたが今日、コーヒーのテストをすることを知ってたというわけか。ひょっとすると……」

鬼塚が箸を止めると、珠樹さんが身を乗り出した。

「ひょっとすると？　何やのん？」

「幽霊があんたの店に住んどるかもしれん」

「そんな怖いこと言わんといて」

珠樹さんが耳をふさいだ。

「鬼塚さんは、幽霊の存在なんか信じていないとおっしゃったじゃないですか。いい加減なことを言わないでください」

悲鳴にも聞こえる珠樹さんの言葉にも、わたしの抗議にも応えることなく、鬼塚はふたり分のランチを食べきった。

「やっとメシらしいメシにありついたな。そろそろ部屋に戻らんと看護師が金切り声を上げよる」

楊枝を使いながら、鬼塚が伝票を取って立ち上がった。ご馳走してくれるのか。珠樹さんと顔を見合わせる。

「ごちそうさまです」

わたしと珠樹さんが声を合わせた。

「わしは見てのとおりの病人や。後はヒガシにまかせる。摩利、ヒガシにそう連絡しとけ」

鬼塚はひとり悠然とレジに向かった。

「どこぞの世界にランチをふたり分も食べる病人がおるんや」

お水を飲みほして珠樹さんが鼻で笑った。

「いいじゃないですか。ご馳走してくれたんだし」

「そやな。あの刑事やったら、割り勘や！　て言うと思うてたわ」

「わたしが払わされるかもしれないと思ってました」

「いくらなんでも、ええ歳したオッサンが、ランチ代を若い女の子に払わすことはないやろ」

「ですよね」

冷めた紅茶に口を付けたとき、鬼塚の怒声が店中に響いた。レジを挟んで鬼塚とおばさん店員がもめているようだ。

「おまえは警察を信用せんというのか」

「そうかて、うちの店はツケるやなんてしたことないですし」

おばさん店員が鬼塚に反論した。

「京都府警洛東署が、これくらいの金を踏み倒すと思うてるんか」

「そんなこと言わはっても」

おばさん店員が困りはてているところに、店の主人らしき男性が、もみ手をしながら現れた。

「『けいさつ病院』の方には、いつもお世話になってますさかい、今日のお代はけっこうです」

「なかなか物分かりがええやないか。けど、そういうわけにはいかん。わしらは公僕やからな。ちゃんと支払うからここに請求せい」

鬼塚が診察券を出した。

「病院に、ですか」

「この病院はわしらの下請けみたいなもんや」

「承知しました」

どうやら主人らしき男性はあきらめたようだ。鬼塚は堂々と店を出て行ったが、パジャマ姿なのでコントにしか見えない。

「そんなこっちゃろと思うてたけどな」

珠樹さんがため息をついた。

4.

盗まれたといっても、たかがコーヒー二杯だ。誰かが傷つけられたわけでもなく、ましてや殺人事件が起こったわけでもないのだから、警察が動かなくても当たり前といえば当たり前なのだが、ヒガシと一緒に探偵ごっこができると意気込んでいたわたしには、拍子抜けもいいところだった。

鬼塚の指示どおりヒガシに連絡をすると、そのときは今にも来てくれそうな勢いだったのに、三日経ってもなしのつぶてだ。コーヒー窃盗事件以降、幽霊が姿を現さないこともその理由のひとつなのだろうが、電話一本くらいくれてもいいのではないか。

「警察てなとこは、そんなもんですて」

カウンターの向こうから、次郎さんがわたしに言った。

「そりゃそうですけど」

わたしは、ウロコの立ったグジの塩焼きを口に運んだ。

「幽霊いうたかて、誰も見てへんのやし。そんなことでいちいち警察が動いとったら税金の無駄遣いですがな」

「そうは言っても、うやむやになってしまうと、妙な噂がいつまで経っても消えないじゃないですか」

「珠樹さんの錯覚と違いますか。今どき幽霊やなんて、まともにとり合うほうがおかしいでっせ」

次郎さんが金串を裏返した。

「何を焼いているんです？」

わたしにしては珍しく、今夜は赤ワインを飲んでいる。次に何を食べようか迷っている身には、焼物が気になってしかたがない。

「鰻ですわ。注文が入ってましして、明日のお昼に鰻の棒寿司を取りに来はりますねん」

なんとも言えず、いい香りが漂ってくる。

「それ、少しもらってもいいですか。ワインによく合いそう」

「しっかり脂がのってますさかい、赤ワインにもよう合うと思います。蒲焼だけでよろしいか。鰻丼にしはりますか」

次郎さんの問いかけに迷わないわけがない。鰻の蒲焼というものは、白いご飯と合わさってこそ、その力を発揮する。とは言っても、鰻丼にしてしまえば〆になるから、その後の飲み方が難しい。なんていう、酒飲みとして一人前の口をきけるようになったことを、わたしの両親は草葉の陰で喜んでいる、はずはないだろう。

「小さな鰻丼にしてください」

「承知しました」

次郎さんが鰻にたれをかけると、一気に煙が立ち上った。

「そうそう、お昼のうどん屋さんはいつから？」

「家でいろいろ試作しとるようですけど、なかなか思うようにできんみたいで、もうちょっと先になりそうですわ」

「そうなんだ」

気のない返事をしておいた。早くイケメンを拝みたいのだが、そんな気持ちを見せないのが、京都の流儀なのだ。

「ご飯の量はこれくらいでよろしいかいな」

大ぶりのご飯茶碗に八分目ほどのご飯が入っている。もう少し食べられそうな気もするけど、それを言うのは少しばかり勇気が要る。

「はい」

短く答えると、次郎さんはご飯の上から鰻のたれを回しかけた。

これだけでも充分美味しそうだが、その上に焦げ目のついた鰻がふた切れ載せられる。生唾をごくりと呑み込んだ。

「お好みで粉山椒(こなざんしょ)をふってください」

次郎さんは小さな鰻丼の横に竹筒を置いた。

「いただきます」

間髪を容れずにお箸を取った。

鰻というものは、どうしてこんなに美味しいのだろう。蒲焼という料理法を編み出した日本人は本当に偉い。ベトナムでも鰻を食べるのだが、ぶつ切りにしてカレー風味で煮込むだとか、細かく刻んで揚げた鰻を春雨麺(はるさめめん)に載せるだとか、別に鰻でなくてもいい料理法ばかりなのだ。そこへいくとこの鰻丼はどうだろう。ご飯と鰻だけ。たれの味だけ。とてもシンプルなのに、美味し過ぎて箸を止めることができない。

「棒寿司用ですさかい、蒸しを入れてまへんのや。皮がちょっと固ぅ感じはるかもしれませんな」

「地焼(じやき)っていうんですよね。焼き立てだからかもしれませんけど、パリッとした皮が芳ばしくて、本当に美味しいです」

「よろしおした」

次郎さんが口元をゆるめた。

日本に来てから、鰻の料理法が東と西で違うことを知った。開き方も焼き方も違っていて、わたしは蒸してから焼く東京流のほうが好きなのだけど、この鰻丼なら、蒸さずに直接焼き付ける関西風でもまったく問題ない。むしろこっちのほうが鰻本来の味を強く感じられるようにも思う。

「お茶でも淹れまひょか」

「ワインで大丈夫です」

「ほんまの酒飲みでんなぁ」

次郎さんが苦笑いした。

丼ものはゆっくり食べてちゃいけない。一気呵成にかっ込むのだ。幼いころに父から教わったことは、そう簡単に抜けるものではない。この量なら一分とかからずに食べきれるだろうが、はしたない女だと思われるのも嫌だ。三分ほどかけて食べ終えた。

「〈十番〉はちゃんと管理してはりますか」

箸を置いたとたん、次郎さんが思わぬことを訊いてきた。

「管理って言えるかどうか分かりませんけど、ちゃんと戸締まりはしていますよ」

もしも幽霊に遭遇したらどうしよう。実はずっとそう思っているせいで、〈十番〉の中にはしばらく入っていない。

「何か気になることでもあるんですか」

おそるおそる次郎さんに訊いた。

「わしの気のせいかもしれまへんのやけど」

包丁を置き、次郎さんがわたしのほうを向いて続ける。

「ときどき、ぷーんと甘い匂いが漂うてくるように思いますねん。そこらに落ちてた菓子を猫かネズミが持って入っとるのと違いますやろか」

「ネズミならともかく、猫が入り込んだりはできないと思いますけど」

わたしは〈十番〉の部屋を思い浮かべた。

「ほならやっぱり幽霊なんかなぁ。ときどき物音も聞こえるんでっせ」

「やめてくださいよ。さっき、幽霊なんかまともにとり合うほうがおかしい、っておっしゃったじゃないですか」

「そう思うてはおるんですけどな」

次郎さんが包丁を持った。

少しの隙間があればネズミやイタチは天井裏なんかに入り込むことができると聞いたことがある。何しろ築年数不明の古い家なのだから、ネズミなんかが入っていたとしてもおかしくはない。幽霊の正体はネズミだったのか。それもしかし無理がある。

「たしかネズミとかを駆除してくれる業者さんがいますよね。明日にでも頼んでみます。衛生上もよくないですしね」

問題をひとつずつ潰していくしかない。このままだと〈十番〉はずっと空家のままになってしまいそうだ。

「頼んますわ」

次郎さんが大葉を刻み始めた。と、わたしの脳が激しくそれに反応した。細かく刻まれた緑の葉っぱ。なぜそんなものに、わたしの脳は引っかかるのか。次郎さんの手元に目が釘付けになった。

それとオーバーラップして、無数の緑の切れ端が次々と頭に浮かぶ。柳の葉っぱをかき分ける手、クローズアップされる苔、畳に飛び散った抹茶の粉。いつかわたしが見たものなのだろう。これもフラッシュバックと呼ぶのか。

最後に頭の中に浮かんだのは、白餡を芯にして、まわりに緑色のそぼろ餡をまぶしたきんとん菓子だった。そしてこれが一番クリアな映像だった。

その映像とともに、あっさりした味も蘇ってきた。

緑の生菓子。刻んだ大葉からの単純な連想なのだが、なぜかそれが幽霊の正体ではないかと脳が言うのだ。

こうしてわたしの脳は、持ち主の意思とは無関係に勝手な想像をする。なぜその菓子が幽霊なのか。映像が浮かんだ後からわたしが考えるという、このおかしな逆転現象は時折起こる。今回は和菓子と幽霊の間にどんな関わりがあるのか。

正統派の和菓子となれば、坂之上さんが作っていたお菓子ではない。何軒もの和菓子屋さんが頭に浮かぶ。

「ワインのお代わりしましょか」

いいタイミングで次郎さんが声をかけてくれた。

「お願いします」

なぜわたしの脳は緑色に反応したのだろう。それより何より、わたしの脳は幽霊がいることを前提にしているようだけど、本当に幽霊なんているのか。謎だらけだ。

「なんぞ考えごとをしてはるみたいやさかい、ちょっと重めの赤にしときました。シャトー・ガシーていうらしいですわ。わしもワインのことはよう知りまへんさかいに、酒屋の請売りですけど、二〇〇五年は当たり年なんやそうで、ボルドーがこの値段で飲めるのは奇跡みたいなもんらしいでっせ」

「この値段って？」

「一杯七百円ですわ。タンニンが脳を刺激するさかい、考えをまとめるにはええと思いまっせ」

次郎さんから見ると、わたしの頭もガラス張りらしい。

「わたしもワインのことはさっぱり。ぐるぐる回すんでしたっけ」

グラスのステムを持って、時計回りに回すと赤ワインが波立った。

「好きなように飲んでもろたらよろしい」

次郎さんがほほ笑んだ。

日本酒でもワインでも、口の中に甘さが残るのは苦手だ。酸味が先に出てきて、後から薫りが追いかけてくるようなお酒が好きだ。なんて通ぶったことを思っても口には出せない。その場の思いつきでしかないのだから。

和菓子はその反対で、甘さだけでいいと思っている。口に入れた瞬間に甘さを感じて、だけどすぐに消えていくような、爽やかな甘み。

それはさておき、とにかくこの赤ワインは美味しい。適度に渋みもあって、だけど重過ぎない。なんて言ってる場合じゃない。緑の菓子と幽霊の関係をちゃんと解明しなきゃ。そしてヒガシに自慢しないと。

「なんぞアテを作りまひょか」

グラスワインが減らないことを次郎さんは気にかけているようだ。

「ゆっくりやりますから」

もうお腹ははちきれそうなのだ。これ以上食べると思考能力はきっとゼロになる。

「鰻の棒寿司、端っこでよかったらありまっせ」

どんなに満腹状態でも、次郎さんの誘惑には勝てるわけがない。

「じゃあ、ひと切れだけ」

「端っこはふたつありますねん」

いたずらっぽく笑った次郎さんが、織部の小皿に鰻寿司をふた切れ載せて、わたしの前に置いた。

目の前で料理されると、食いしん坊のわたしは気になってしかたがない。『贋作』は思考を深めるには向いていない。こんな美味しそうなものを見せつけられては、緑と幽霊の関係に集中できないではないか。

刻んだ大葉と実山椒（みざんしょ）をたっぷり挟み込んだ鰻寿司は、見ているだけで充分アテになる。これを眺めながら赤ワインをちびちび飲んでいると、もう何も頭に浮かんでこなくなった。

記憶にはないけど、記録にあるかもしれない。部屋に戻ってパソコンを開かねば。鰻寿司を持って帰るというグッドアイデアが浮かんだ。おあつらえ向きに、部屋には〈黒龍（こくりゅう）〉なんていうお酒も残っているはずだ。

「なんやったらお包みしまひょか」

長く連れ添った夫婦でも、ここまで分かってくれないのではないだろうか。

そわそわしていることに気付いて、慮（おもんぱか）ってくれたんだから、素直にしたがうのが礼儀というものだ。ちょっとしたことだけど、お寿司を持ち帰るというのはリッチな気分だ。記憶をたどりながら、緑と幽霊がどうつながるのか、部屋で考えることにした。

「いつもと違うて、ワインをようけ飲んではるさかい、気ぃ付けなあきまへんで」

「大丈夫。三十歩も歩けば部屋に帰れるんですから」

支払いを済ませ、小さな紙包みをさげて『贋作』を出た。

両親を早くに亡くした身に、こうして忠告してくれる人が身近にいるというのは、本当にありがたいことだと思う。ベトナムにいたころ、安ワインを飲み過ぎたせいで気が大きくなって、歓楽街に入り込んで危機一髪になったことがある。ワインには気が大きくなる成分でも入っているのだろうか。

たとえ三十歩でも気を付けなくては。わたしは掌で両頰を叩いた。と、その音に反応するかのように、〈十番〉の部屋で物音がした。

気のせいか。

『贋作』の前で目を凝らして聞き耳を立てた。

一分ほど待っても何も聞こえないし何も見えない。

やっぱり錯覚だったのか。

部屋に戻ろうと歩き始めたとき、二階の窓に黒い影が動くのが見えた。わたしの両目は、ともに視力二・〇。目には自信がある。人影だったのは間違いない。

いつものわたしなら『贋作』に戻って次郎さんに助けを求めるところだが、今夜のワインはわたしに大胆な行動を要求している。急ぎながらも忍び足で部屋に戻ったわたしは〈十番〉の合鍵をポケットに入れた。

ペンライトと、暴漢対策用として林蔵が備え付けておいた木刀を手にして、わたしは〈十番〉へ向かう。木刀で幽霊を撃退できるのかどうかは分からないが、とにかく何かに襲われたら振り回せばいい。

日本映画で観た忍者のようなカニ歩きで〈十番〉の前にたどり着くころには、ワインが切れてきたのか、少し気後れするようになっていた。もしものことがあったときのために、ヒガシにメールを送っておこう。

「十番に突入す」。こんな文面で分かるだろうか。

できるだけ音がしないように、キーを鍵穴に入れてそっと回したつもりだったが、カチャッという音がした。と、土間の天井がミシッと音を立てた。やっぱり何かが二階にいる。幽霊かネズミか、はたまた人間なのか。

幽霊なら音などしないはずだ。ネズミだったら走り回るだろう。となれば人間の可能性が高い。だとすれば誰だ。空き巣、変質者、バケモノ。どう考えてもまともな人間がいるわけがない。

急に怖くなった。無理はしないようにしよう。いつでも外に飛び出せるようにして、ヒガシが来てくれるまで身を潜めていようと決めた。と言ってもヒガシが来てくれるという確約はない。でも、いざとなったら逃げればいいのだ。『贋作』の閉店まではまだ一時間近くある。転びさえしなければ、走って店に飛び込んで次郎さんに助けを求めればいい。そう思うと少し気が楽になったが、不安のほうが大きい。

土間に屈み込んで耳を澄ますけど、何も音はしない。でもさっきの音は錯覚なんかじゃない。間違いなく誰かが二階にいる。

明らかに酔ってはいるけど、頭はしっかり冴えている。これもワインの効用なのだろうか。心臓の音が二階まで届くのではないかと思うほどだけど、意外なほど落ち着いている自分に驚いてもいる。

二階にいる誰かはきっと生身の人間だ。

ということはその人物が〝緑のお菓子〟か。クリアな映像が頭の中で何度も点滅した。ひょっとすると……。ようやくわたしは自分の脳に追いついた。

そうだ。何もパソコンでなくても撮りためた写真はスマホでだって見ることができるのだった。グーグルフォトというアプリは、こういうときに役立てるためのものだ。

スマホのディスプレイに指を滑らせながら和菓子の写真を探した。

わずか四か月の間にこんなにたくさん写真を撮っていたのか。スマホで撮ったもの、デジカメで撮ってパソコンに保存したもの。順に眺めていると写真を撮ったときのことを思いだす。だが懐かしがっている場合ではない。緑の和菓子を探す。

あった。これだ。きれいな和菓子だ。

京都に来て間なしのころだった。『亀屋久満』を初めて訪れたわたしに、龍嵜さんが作り立てのお菓子を見せてくれたのだった。

◇

「梅雨のちょっと前から作って、梅雨に入ったらやめる。この〈早緑(さみどり)〉いうのはそういう菓子ですねん」

「〈早緑〉、素敵な名前が付いているんですね。でも、そんなに短い間しか作らないなんて、もったいないじゃないですか」

「和菓子というのは、季節を表すためにあるんです。それも春夏秋冬てな大雑把なもんやのうて、二十四節気、いや七十二候に合うくらいに細かな季節の移り変わりを表現するもんです。摩利さんていわはりましたな。あなたが本気で和菓子を勉強なさるのなら、京都の四季を身体に染み込まさんとあきまへん」

「そのことはベトナムでも充分勉強してきたつもりだったのですが、実際に目の当たりにすると全然違いますね」

「机上の空論とは、よう言うたもんです。京都というところは、朝から晩までおって初めてそのよさが分かるとこです。観光だけしとっても半分くらいしか分かりまへんやろな」

「そう思います。でも哀しいかな、観光客は奥深いところに入り込めないんですよ」

「今のガイドブックというやつがいかんのでしょうな。あれを書いとるライターやらは京都通みたいに思われとるけど、みな付け焼き刃や。せやから店の言い分をそのまま書いとるだけですわ」

「でも、観光客はそれに頼るしかないんです」

「ガイドブックに頼らんでもよろしいがな。京都を歩いて、実際に自分の目で見たもん、聞いた話だけを信じとったらええ。早い話、この〈早緑〉をよう見てみなはれ。この繊細さ、色合い、まぁるい味、ガイドブックで伝わりまっか？　無理ですやろ」

◇

はっきりと思いだした。〈早緑〉だ。龍嵜さんが作った〈早緑〉が幽霊の正体だと、わたしの脳は教えてくれていたのだ。いっぺんに不安が吹き飛んだ。

二階にひそんでいるのは、幽霊なんかじゃない。ましてや枯れ尾花でも、枯れお婆でもない。見目麗しい女性なのだから。でもなぜ彼女が？

靴を脱ぎ、ペンライトで床を照らし、わたしは階段の下に立った。

あの日ここには坂之上さんの死体が横たわっていた。一瞬その様子が浮かんだが、不思議と恐怖感はなかった。

「圭子さん。圭子さんでしょ」

二階に向かって声をかけると、小さな音がした。

「圭子さん、そんなところで何をしてるんです？」

二度目に声をかけたとき、小さな音は足音に変わった。

懐中電灯の灯りが階段の上から下りてくる。その後を追うようにして、白く細い足が一段、一段、ゆっくりと下りてくる。

「なんでうちやと分かったんです？」

上から七段目に圭子さんが座り込んだ。

「こんなことをするのは、あなたしかいないでしょう」

何も確証はないけれど、わたしは自信たっぷりに答えてから問いかけた。

「でもなぜ？」

どれくらい沈黙が続いただろうか。圭子さんが答えるまで、実際には一分もかからなかったのだろうが、わたしには果てなく続く時間のように思えた。

「父がこの場所で坂之上さんを殺しました。そしてその原因を作ったのはうちなんです。殺したほうは留置されてしもて、殺されたほうはあの世に行ってしまわはった。大事な人がふたりいっぺんに消えてしもた。うちが愚かやったさかいです。そのことを忘れたらあかんと思うて。うちがちゃんとしてたら、こんなことにはならへんかった」

　圭子さんが涙声で答えた。暗くて顔は見えないけれど、きっと泣いているのだろう。ときどき小さな嗚咽（おえつ）がもれてくる。

「お気持ちはよく分かります。でも断りなしに入るのはよくないですよ。言ってくださったら、いつでもご案内したのに」

「ごめんなさい。坂之上さんから合鍵をあずかっていて、本当はそれを返しに来るつもりやったんです。けど、ここまで来たら、なんやしらん引き込まれるようにして入ってしもて」

「ここで何をなさってたんです？　ただの追悼じゃないですよね」

「うちが作ったお菓子を三人で食べてたんです」

「三人？」

　なんとなく分かってはいたけど、いちおう訊いてみた。

「父と坂之上さんとです。うちが作ったお菓子にどんな感想を言わはるかなぁ、と思うて」

「で、どうだったんです？」

「水筒にお茶を入れて持ってきて、お茶を飲みながらお菓子を三人で食べて……。洋菓子に近いものやと父がダメ出しをしはります。昔からあるお菓子そのままやったら、坂之上さんが批判しはります。それをメモしといて次のお菓子作りに役立ててます」

圭子さんがノートを開いて見せた。どこまで本気で言っているのだろう。そっちのほうが怖くなってきた。

「ここでお菓子を食べたのはどれくらいの頻度だったんですか」

「うちが新しいお菓子を作ったときは必ず来てました。週に一回くらいやと思います」

となると、四、五回か。誰も気付かなかったときもあるのだ。

「いつもお茶だったんですか。コーヒーとかは？」

珠樹さんの件を遠回しに訊いてみた。

「父は和菓子にはお茶しか認めまへんでした。三日ほど前やったかなぁ、坂之上さんがコーヒーと合わせてみたいと言い出さはって……」

「お隣からコーヒーを？」

わたしの言葉に、圭子さんは黙ってうなずいた。

幽霊騒動はこれですべて片づいた。別に部屋が荒らされたわけでもなく、実害はなかったわけで。コーヒーを二杯分盗んだからといって、警察だって逮捕するには及ばないだろう。大騒ぎしたわりには、あっけなく解決してしまった。少しばかりホッとして圭子さんに声をかけた。

「この部屋にはお菓子の匂いが染み付いていますね」

「はい。坂之上さんが一生懸命作ってはったお菓子と、うちが作ったお菓子の匂いが混ざり合うています。そやからどうしてもここにいとうて」

　立ち上がって圭子さんが階段を下りてきた。

　懐中電灯の薄明かりの中に浮かび上がる圭子さんの顔は本当にきれいだった。

「ひとつ訊いてもいいですか」

「なんどす？」

「坂之上さんがあなたをたぶらかして、龍寄さんのお菓子のデザインを盗ませたというのは本当ですか」

「…………」

　今となっては酷な質問だったかもしれない。圭子さんは無言で立ちすくんでいる。

「あなたが自ら進んでそうしたように思えてしかたがないんですが」

「ほんまに軽はずみなことをしてしもた。どない悔やんでも悔やみきれしません。坂之上さんがアイデアに行き詰まってはったんを見てるのが辛うて辛うて」

「それで龍嵜さんのお菓子の意匠を」

「ウソついたんです。うちが自分で考えついたお菓子や言うて。そしたら坂之上さんは、えらい喜ばはって。うちとの合作や言うてくれはった」

圭子さんが涙目で笑った。

「もうひとつ訊いてもいいですか」

「はい」

「坂之上さんには恋人がおられましたよね。そしてあなたにも気のあるようなそぶりを見せ続けていた。ふたまたをかけられていることに抵抗はなかったんですか？」

また酷な質問を続けた。

「うちはただ、坂之上さんの力になりたかっただけです。フィアンセの人がやはるのも知ってましたし」

「本当にそう思ってました？　わたしは恋愛経験もほとんどないから、言う資格はないかもしれませんが、人を愛してしまったら、ずっと一緒にいたいと思うのが当たり前だと思うんですけど違いますか。他の女性と一緒になってもかまわないと思いながら、そういう関係を続けるというのが不思議でしかたがないのですが」

「父も同じことを言うてました。その男にだまされている。向こうはおまえのことを利用しようとしとるだけや。早(はよ)う目を覚ませ、て」

圭子さんが床に目を落とした。

「わたしもそう思います。いくら悪気がなかったとしても、フィアンセがいながら……」

「お菓子のことはほんまに後悔してますけど、坂之上さんとのことは、なんにも悔いはありません。坂之上さんに他に好きな人がやはったとしても、うちは坂之上さんを心の底から愛してたんです」

圭子さんがそう言い終わると、ガラガラと引き戸が開いて、鬼塚が声を張り上げた。

「おまえはどこまでアホなんや」

背後に立つヒガシが辺りを見回して、人差し指を口の前で立てたが、そんなことを気遣うような鬼塚ではない。

「おまえは自分で自分に酔うとるだけや。早う目を覚ませ。覚まさんとコーヒー窃盗容疑で逮捕するぞ」

鬼塚が敷居をまたいだ。ふたりはずっと外で話を聞いていたのだろうか。

「でも、うちは本当に……」

「でもも、へったくれもない。そんな甘っちょろいこと言うとったら、また次の男にもだま

される ぞ」

鬼塚が大きな声を上げると、ヒガシが慌てて引き戸を閉めた。

「坂之上さんはうちをだましたりはしてません」

圭子さんが唇をまっすぐに結んだ。

「まだそんなことを……」

血相を変えた鬼塚を制して、ヒガシが圭子さんの前に立った。

「そう思いたいのでしょうが、残念ながらあなたはだまされていたんです。詳しく言うことはできませんが、あなたのお父さんが坂之上から聞かされた言葉には、われわれも愕然としました。そしてフィアンセの林エリカさんに、坂之上があなたのことをどう言っていたか、聞くに堪えないものでした。坂之上はあなたを利用していただけで、好意を持っていたわけではない。それだけはたしかです」

警察が捜査内容の詳細をここまで伝えていいのかどうか分からないけど、そうしないと鬼塚の激昂を止められないと思ったのだろう。

「まさかそんな……」

残酷だとは思うけど、これくらいはっきり言わないと、また同じことを繰り返す女性って、いる。

「ところでおふたりはどうしてここへ？」

「どうして、って摩利さんがメールをくれたじゃないですか。〈十番〉に突入する、って。もしも暴漢でもいたら大変だと思って、署を出たところで主任にばったり」

ヒガシが意味ありげに鬼塚を横目で見た。

「たとえ入院中の身であっても、市民の安全を守るためには行動しなければならん。それが警察官の使命というものだ」

澄まし顔で鬼塚が言った。

「佐野さんのところにも寄ってきたのですが、被害届を出すつもりはないとおっしゃってました。不法侵入の疑いがありますが、摩利さんはどうされますか」

ヒガシが訊いた。

「特に被害があったわけではないので今回は……」

わたしの言葉をさえぎったのは圭子さんだ。

「もしも許していただけるんやったら、うち、ここでお菓子屋をやりたい。あきませんやろか」

突然の申し出にあっけにとられていると、鬼塚が拍手をした。

「よし。許したる。その代わり、和スイーツてな、ちゃらちゃらしたもんは作らせんぞ。正統派の和菓子専門。そや、店の屋号は『亀屋久満』にせい。名店復活や」

「ありがとうございます。必ずそうします」

　圭子さんが鬼塚に頭を下げた。

「ちょっと、ちょっと。家主はわたしですよ」

「なんや、摩利は反対なんか」

「そういうわけじゃないですけど」

「そしたら文句ないやないか。これで決まりや。せいだい旨い菓子を作れよ。おやじに負けんようにな」

　なんだ、この流れは。家主を差し置いて警察が勝手に店子を決めてしまうなんて。

　そこだけは不服だけど、『ジャスミン荘』に『亀屋久満』ができるとは、夢のような話だ。

　しぶしぶ承諾したような顔で、圭子さんに向かってゆっくり首を縦にふった。

「ありがとうございます。みなさんどうぞよろしくお願いします」

　圭子さんが三人に頭を下げた。

「えらい賑やかですけど、なんぞありましたんか」

　引き戸を半分ほど開けて、次郎さんが顔を覗かせた。

　わたしとヒガシがことのいきさつを次郎さんに話した。

「そういうこっちゃさかい、次郎、しっかり新入りの面倒を見てやれ」

「兄さん、まだ入院中ですやろ。無理したら身体にさわりまっせ」

「無理をせんと警察官は務まらん」

　鬼塚が胸を張った。

「新入りというたら、もうひとりおりますんや。こっちもよろしゅうたのんます。おい、倉田、みなさんに挨拶せい」

　次郎さんにうながされて、表に立っていた人が一歩前に出た。

「お昼間だけ〈九番〉でうどん屋をやらせていただきます、倉田です。どうぞよろしくお願いいたします」

　下げた頭を起こすと、暗闇の中に思いもかけない顔が浮かび上がった。

　まさかそんな。力の抜けた手から木刀が床に落ち、乾いた音を立てた。

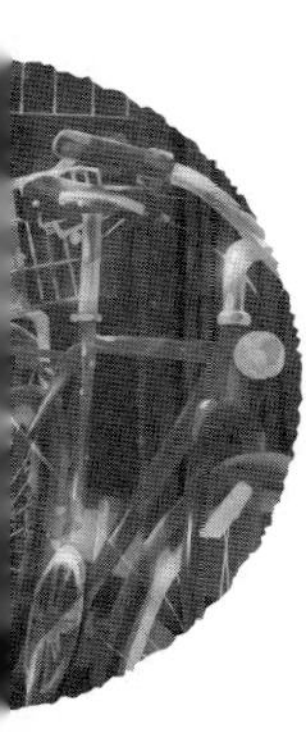

第三話

奇跡のこしぬけうどん

1.

ようやく秋になったと思ったら、今朝はいきなり冷え込んだ。つい最近まで日陰を探していたのに、今は日なたに沿って歩いている。だったらホットパンツじゃなくて、長いパンツをはけばいいようなものだけど、慣れというのはおそろしいものだ。これでないと落ち着かない。

こういう日のお昼は温かいおうどんが一番だ。そうと決まったら、いつもの暖簾をくぐるしかない。

お昼どきだというのに、珍しく『六原食堂』の中はがらんとしている。店の名物おばあちゃん、ヨネさんがテーブルにカレーうどんを置いて、わたしの向かいに座った。

『六原食堂』には四人がけのテーブル席が八つと、後は物置になっていて誰も座れないカウンター席だけだ。どんなに混んできても相席をさせないのは、ヨネさんがお客さんとおしゃべりしたいからだと思う。

「今日は丼付けんでもええんですな。お腹の具合でも悪ぉすのか」

ヨネさんが心配そうにわたしの顔を覗き込む。

「そういうわけじゃないんですけど」

若い女性に向かって、こういうことは大きな声で言わないで欲しいのだけど、ヨネさんはそんなことを気にするような人ではない。たしかにこれまでこの店では、必ず麺類と丼ものを一緒に食べてきた。でも今日は麺だけでいい気分なのだ。

「素人はんがうどん屋やらはるやなんて、時代も変わったもんどすな」

そうか。今日ヨネさんが言いたかったのはこれなんだ。かなり毒が含まれた言い方だけど、それもしかたがないだろう。目と鼻の先に商売敵（がたき）ができるのだから。

無事に幽霊騒動が解決しただけじゃなく〈十番〉に『亀屋久満』が復活することになり、めでたしめでたし、となるはずだった。ただひとつ、『麺屋倉之介』のことを除いては、だ。

「半分趣味みたいなものじゃないですかね」

手を合わせてから割り箸を割り、適当に話を合わせた。

「うどん屋は趣味でできるようなもんやおへん。主人がこの店を始めてから五十年になりますけど、正直なとこ、自信持ってお客さんに出せるようになったんは、ここ三十年ほどのことどす。今から思うたら最初の二十年は主人も素人同然どしたさかいに。お出汁が濃過ぎたりはいつものことで、ようお客さんに叱られたもんどす」

ヨネさんの愚痴を聞きながらおうどんを食べることには慣れている。お嫁さんがどうだこうだ、病院で長く待たされた、なんていう身近な話から、消費税の計算が面倒だとか、野党がだらしない、原発は要らないといった政談まで、来る度に客のほうが不満をぶつけられる。他人事だから聞き逃せる愚痴だけど、こと『ジャスミン荘』に関わる話となれば、聞き流すわけにはいかない。

「そう長くは続かないと思いますよ」

ヨネさんの意に沿うように言った。

「そうでっしゃろか」

ヨネさんが不満げに首をかしげて続ける。

「主人いうても若いべっぴんさんらしいどすがな。うどん屋は体力要りますねんで。なあ、あんた」

ヨネさんが厨房に向かって声を上げた。大家という立場だからしかたないのかもしれないが、そんなこと、わたしに言ってもらってもなぁ、とも思う。

「ほんまでっせ。うどんを湯がく寸胴(ずんどう)なんか、若い女の人には持ち上げられしまへん。一日何回この湯を替えんならんか。わてなんかしょっちゅう腰いためてますわ」

主人の佐吉(さきち)さんが白衣をめくってコルセットを見せた。

わたしはカレーうどんをすすりながら、いかにも気の強そうな倉田之子(ゆきこ)の顔を思い浮かべた。

たしかにあのスタイル抜群の之子さんが寸胴鍋を持ち上げるところなんて、想像もつかない。ヒガシと同じくらいの背丈で、エキゾチックな細面。お箸より重いものを持ったことがない、と言っても通用しそうなきゃしゃな美人。あの鬼塚ですらメロメロになったくらいだから、男性には人気沸騰だろうが、この辺のおばさんたちの反感を買うのは間違いない。

かく言うわたしだって、之子さんの第一印象はけっしてよくはなかった。もちろんそれはイケメンのうどん職人を期待していたからで、最初から女性だと知っていたら、もう少し印象が違ったかもしれない。ヒガシをめぐって強力なライバルが出現した危機感が大きな影響を与えたことも、否定はできない。そしてなんとなくだが、ツンデレ系の女性に思えたのも印象を悪くした理由だ。

それにしても、『麺屋倉之介』なんていう屋号を聞いて、誰が若くて美人の主人を思い浮かべるだろうか。次郎さんにしてやられてしまったのは、本当に悔しい。

「まぁ、やってみはったらええ。うどん屋商売をなめたらあきまへんで」

捨て台詞（ぜりふ）を残して、ヨネさんが立ち上がった。

これで落ち着いてカレーうどんに専念できる。分厚い油揚げにカレー餡をたっぷりからめ、うどんと一緒にすすり込むと、この世のしあわせを一度に感じとれる。

ベトナムで食べるジャパニーズうどんといえば、たいていが讃岐うどんだったので、京都に来て初めておうどんを食べたときは、そのコシのなさにびっくりした。

「わてらに言わしたら、歯ぁで嚙まんならんようなもんはうどんやない。歯ぐきで嚙み切れてこそ、京都のうどんですねん」

ヨネさんからそう聞かされたお昼のことは、佐吉さんの強烈な言葉とともに、はっきりと記憶に残っている。

「京のこしぬけうどんていいますんや。麵やのうて出汁が主役でっさかいな。麵にコシてなもんがあったら、出汁が染み込ましまへん。歯ぁで嚙み切れんさかい言うて、道具を使うて麵を切らんならんようなもんは京都のうどんと違います」

佐吉さんはあの店のことを言ってる。そう気付いた。

京都のうどん通ならすぐに分かる。わたしはうどん通ではなく、ただのうどん好きなのだけれど、話題になっているおうどん屋さんには、片っ端から足を運んでいるから分かった。

植物園の近くにある、行列の絶えない人気うどん店のことを、佐吉さんはきっぱりと否定した。こういうときの古い京都人の言葉は強烈だが、思い当たることがあるので納得してしまう。

北山に朝顔展を見に行った帰りに『京麵しづか』へ立ち寄ってみたのだが、暑いさなかによくこんな長い行列ができるものだと驚いた。多くの京都人と同じく、わたしも行列は苦手なのだが、この日はなぜか意地になって一時間も並んだ。長い行列を我慢してでも食べる価値のあるおうどんだと、いくつものガイドブックやグルメブログで紹介されていたせいもある。

並んでいると嫌でも目に入るのだが、真向かいにもおうどん屋さんがある。いかにも歴史がありそうな店で、佇まいを見ただけでも美味しいおうどん屋さんだと分かる。長い時間待たされるくらいなら、有名でなくてもそっちの店に入るところだが、あいにくこの日は休みだった。ついてないなとくさりながら、前を見ると、まだまだ先は長い。

ようやく順番が回ってきたころには、空腹で飢え死にしそうだったから、何を食べても美味しく感じてしまう。この店の評判が高いのはきっとこんな理由もあるのだろうと思った。

外で待っている間に注文を聞きに来るので、店に入るとすぐにおうどんが出てくる。

野菜の天ぷらが付いたざるうどん。びっくりしたのは、そこに添えてある〈うどん切り〉。うどんの長さが半端じゃないので、この器具を使っておうどんを切るのだ。わたしとしては、最初から切っといてよ、と思うのだが他のお客さんは愉しそうに切っていて、たいていはスマホでその様子をカメラにおさめていた。

そう高くはないし、接客も悪くない。まずいとは思わなかったけど、一時間十分も並ぶのはごめんだ。そんな時間を無駄に過ごすくらいなら、近くにある『上賀茂神社(かみがも)』へお参りできたのに。何よりも店の名に〈京〉が付いているけど、全然京都らしいおうどんじゃないのだ。わたしには一度っきりで充分な店だった。

京都に来てしばらくは、ガイドブックを頼りにして食べ歩いた。だが程なくしてそのセレクトがおかしいことに気付いた。ガイドブックが薦める店というのは、どの本も似たか寄ったかだ。違う出版社の本でもお店のラインナップは代わり映えしない。誰でも知っている店、予約の取れない有名店、いつも長い行列ができている人気店ばかりを採り上げるのは何故なのだろう。

そんな疑問を解く鍵は〈編プロ〉という言葉にあると教えてくれたのは次郎さんだ。

「京都の本はよう売れる。雑誌でも、京都を特集したら常の倍くらい売れるんやそうです。けど、出版不況は続いてますさかい、そのためにわざわざ東京から取材に来とったら経費がかかってかなん。そこで重宝するのが京都の編集プロダクション。通称編プロっちゅうやつですわ。東京の出版社はリモコンで操っとるみたいなもんです。けどこの編プロっちゅうのがクセもんですねん。まともなとこと、怪しいとこと玉石混淆ですさかい。ライターもカメラマンも、素人と大差ないてな編プロの手にかかったら、そらぁもう」

なるほど、それで謎が解けた。同じネタを使いまわしているのか、はたまた他の雑誌の真似なのか。いずれにしても信頼のおけるものではない。こんなガイドブックに煽られて、長い行列を作っている観光客が気の毒だ。

それはさておき『六原食堂』のおうどんは本当に美味しい。しかも安い。手揚げに違いない油揚げと九条ネギがたっぷり入った、このカレーうどんがワンコインで食べられるなんて。この店を紹介しているガイドブックは、わたしが知る限り一冊もない。きっとガイドブックを作っている編プロの人たちは、こんな普通の店には興味がないのだろう。

「いらっしゃい」

ヨネさんの声に入口を振り向くと、暖簾をくぐるヒガシの姿があった。

「やっぱりここでしたか」

ヨネさんの温もりが残っているだろう椅子に、ヒガシが座った。

「やっぱりって？」

「今朝は少し冷え込みましたしね。こんな日の摩利さんのランチは、きっとうどんだろうなと思って」

ヒガシはトレンチコートを丁寧にたたんで椅子の背にかけた。

少しばかりコートは早いと思うのだが、刑事のトレードマークみたいなものなのか。鬼塚が着ているコロンボみたいなよれよれは好みじゃないけど。

「何しはります？」

「カツ丼」

ヨネさんの問いかけにヒガシがきっぱりと言いきった。男はこうでなくっちゃ。

「小うどん付けまっか？」

「お願いします」

『六原食堂』の丼にはプラス百円で小さなうどんが付けられるし、うどんに二百円足せば小丼が付く。わたしはいつもそうしているのだけれど、若い女性が丼とうどんを一緒に食べるという絵は、見た目からして美しくないだろうと思うに至った。ヒガシと出会った今日、その意識が働いたのは奇跡のようなものだ。

「『ジャスミン荘』も賑やかになりそうですね。老舗の和菓子屋さんに新進気鋭のうどん屋さん」

ヒガシは何か言いたげだ。

「いいのか悪いのか――」

そう言ってわたしが肩をすくめたのは、ヒガシにというよりヨネさんに見せたかったのだが、当のヨネさんはまったく気付いてくれない。

「悪くはないでしょう。殺人事件も幽霊騒動も吹っ飛びそうじゃないですか」

「それはそうですけど」

こういう言い方を〈奥歯に物が挟まったような〉というのかな。

「やっぱりお気付きでしたか」

ヒガシがにやりと笑った。

やっぱり気付いてた。わたしが？　何のこと？　全然気付いてないのだけど、ヒガシに話を合わせることにした。

「どんなに鈍い人でも気付くでしょうよ」

実際はわかっていないので、それくらいしか言えない。

「僕もやり過ぎだと思ったんですが、主任はあんな人ですからね」

やり過ぎ？　鬼塚はあんな人？　ヒガシはいったい何を言いたいんだろう。

「はい、カツ丼。山椒を置いときますよって」

これも京都の店ではお決まりだ。ベトナムだけではなく、日本の首都東京ですら粉山椒を常備している店は鰻屋さんくらいしかない。なのに京都といえば、うどん屋さんでも食堂でも粉山椒は必ず置いてある。きつねうどんにも、親子丼にも、カツ丼にも京都の人は必ずたっぷり粉山椒をふりかける。最初は驚いたけど、今ではわたしも七味より山椒派だ。……そんなことを言ってる場合じゃない。ヒガシの言葉の続きを聞きたい。

「主任は何がどうあっても『亀屋久満』を復活させたかったんでしょう。違法とまでは言えませんが、司法取引を疑われてもしかたない。日本では許されていないですから疑われること自体がおかしいというか。まぁ、そんなことで量刑が変わることなどあり得ませんけど」

司法取引？　違法？　量刑？　ヒガシは何を言ってるんだ。

何も分からないけど、すべて分かったような顔をするのは本当に辛い。辛いけど、ここは我慢だ。でないと何も気付かない鈍感な女だと思われてしまう。

それはさておき、ヒガシは本当に美味しそうにカツ丼を食べている。

こんな食堂だから、もちろんカツは揚げ立てなんかじゃない。どこかから仕入れた既製品のカツを冷凍しておき、それをチンして、出汁で温めるのだろう。だって五百三十円なのだから。でも卵の半熟加減が絶妙で、本当に美味しそうだ。横目でちらちら見ていると、ヒガシと目が合ってしまった。

「取り替えっこしましょうか」

ヒガシが丼をわたしに向けたが、わたしはもうカレーうどんを食べきる直前だ。もう少し早く言って欲しかったが、口が裂けてもそんなことは言えないので話を変える。

「脅すようなことはいけませんよね」

カマをかけてみた。

「結果オーライだからいいようなものの、いくらなんでもやり過ぎですよ」

ヒガシが真っ黄色のたくあんをかじった。

「ですよねぇ」

カレー餡のお出汁を飲みきって、話の続きを待った。

カツ丼を半分ほども食べたところで、ヒガシがにやりと笑った。

「摩利さん、本当は気付いてないんでしょ」

ヒガシがわたしの耳元でささやくと、たくあんの匂いがした。

「き、気付いてますよ。わたしはそんな鈍い女じゃありませんから」

言い当てられてうろたえているのは明らかだ。

「じゃあ、いつどこで何に気付いたんです？」

ヒガシは澄まし顔で、おうどんをすすり込んだ。ベトナムの小学校時代には、二歳上のこんなイジメっ子がいた。

「こんなところでそんなこと言えるわけないでしょ」

悔しまぎれにそう言うと、ヒガシが勝ち誇ったように含み笑いをした。

「思ってた以上に意地っ張りなんですね」

何ひとつ気付いていなかったことを、完璧に見透かされてしまった以上、黙り込むしかない。

「実は主任のお見舞いに行ったとき、病室の前で圭子さんと主任とのやり取りを聞いてしまったんです。『ジャスミン荘』の〈十番〉で和菓子屋をやらないと、お父さんの刑が重くなるみたいな話を圭子さんにしてたのでびっくりしました。立ち聞きしようと思ったんじゃないですよ。何しろあの声ですから嫌でも外まで聞こえてくるでしょ」

箸を持ったままヒガシが言った。わたしの頭の中は洗濯機の中みたいに、ぐるぐる回りながら、こんがらがっている。

「そんなことがあったんですか」

本当の話なのだろうか。まだ半信半疑だ。

「圭子さんは見舞いに来たのではなく、主任に呼び出されたような感じでした。最初はかなり抵抗していましたけど、少しずつ納得させられたようで、最後のほうはかなり前向きになっていたようです」

「つまりあの晩の幽霊騒動は出来レースだったってことですか？」

「僕はそう思っています。ひょっとすると弟さんの次郎さんも一枚嚙んでたのじゃないかなとも思うんですよ」

まさか警察官が自分の欲望を満たすために、犯人の親族を脅すなんてあり得ないけど、あの鬼塚ならあり得る話だ。そして次郎さんまでが……。わたしひとりがだまされていたのかと思うと悔しくてしかたがない。悔しいのを通り越して、哀しい。

「もう誰も信じられない。人間不信に陥りそう」

思ったままを言葉にした。

「あくまで僕の推測ですから」

ヒガシの言葉はなんの慰めにもならない。

けっして推測なんかじゃない。絶対そうに決まっている。次郎さんといい、圭子さんといい、よくもあんな白々しい演技ができたものだ。京都人に心を許してしまったわたしが悪かった。

「本当に京都って怖いところなんですね」

わたしは大きなため息をついた。

「今ごろ気付かはったんかいな」

ヨネさんもまた地獄耳だった。

「ちょっとこれを見てもらえますか」

カツ丼を食べ終えたヒガシがスマホのディスプレイをわたしに向けた。

「なんですか、これ」

一枚のメモ用紙をスキャンした画像のようだ。走り書きされた字は乱雑極まりないが、この字に何か意味があるのだろうか。

「この字をじっと見てくださいね」

ヒガシが走り書きの真ん中辺りを拡大した。それがどうした、としか言えないのだが。

「これを頭の中に残しておいて、はい、今度はこれです」

画面が切り替わった。これなら分かる。『ジャスミン荘』の伝言板だ。〈十番〉の欄に小さく書かれていた、あの〈亀〉という字だ。さっきの走り書きにあった〈亀〉と同じような筆跡だ。どういうことなんだ。

「最初にお見せしたものは主任が書いたメモの一部です」

ヒガシが肩をすくめた。

「まさか」

追い討ちをかけられた気分になった。

「筆跡鑑定までしたわけじゃないので、これも推測に過ぎませんが」

「でもなんのために」

わたしの失望は更に大きくなった。

「幽霊騒動をクローズアップするためじゃないですかね」

「わざわざ病院を抜け出して？」

「手術の次の日にタクシーで和菓子を買いに行ったらしいですからね。そのついでだったのかも」

ヒガシはあきれを超えて、さらに突き抜けているようだ。

「それとも『亀屋久満』が〈十番〉に入ることの予告だったのかもしれませんね」

鬼塚ならやりかねない。わたしもそう思うようになった。

いずれにしても鬼塚と圭子さんが結託していたことは、どうやら間違いないようだ。之子さんといい、圭子さんといい、京都の女性は本当にしたたかなのだ。分かっていたことだけど、こうして目の前に突き付けられるとショックは大きい。こんな日は早く帰ったほうがいい。

「この前は『富久屋』さんでご馳走になったから、今日はわたしが」

財布を出して、ヨネさんに目で合図した。

「いいんですか」

「貴重なお話も聞かせていただいたことですし」

京都人のことを深く知るための授業料だと思えば安いものだ。

「じゃ遠慮なくご馳走になります」

ヒガシがわたしに手を合わせた。

ふたり分合わせても千円と少し。ご馳走なんていう金額じゃないけれど、ヨネさんに何か言われそうだから、余計なことは言わずにおいた。

『六原食堂』の前でヒガシと別れたわたしは『ジャスミン荘』へ向かった。伝言板の〈亀〉の字をもう一度しっかり見てみたい。もしもそれが事実だとするなら、頭に叩き込まないといけない。

松原通の角にあるお地蔵さまに手を合わせて、小走りで伝言板に向かった。

——やっぱり。そんな気がしたのだ。

〈亀〉という字は跡形もなく消されていた。これも鬼塚のしわざなのだろうか。それとも圭子さんか。

京都に来て五か月ほどが過ぎ、この土地のことも京都人のことも、おおかたは分かったようなつもりになっていたけど、そんな甘いものじゃない。いっぱしの京都人を気取っていたことがなんだか哀しくなってきた。そして、わたしは本当は弱虫なんだということも思い出してしまった。

立っていることも辛くなってきて、地べたに座り込んで伝言板に頭をもたせかけた。

中学に入ってすぐのころ、無二の親友だと思い込んでいた女の子に裏切られたときのことを思いだした。

涙が涸れるほど泣いて、何も喉を通らない日が三日も続いた。普段は厳しい母がこのときばかりはやさしくて、何度も何度もわたしを抱きしめてくれた。いつもは怒ってばかりいる父も、わたしにやさしい声をかけてくれた。

——大丈夫、摩利のことをたいせつにしてくれる友だちがまた現れるから——

そう言って頭をなでてくれたとき、わたしは声を上げて泣き、父の胸にしがみついた。

そんな父も、母も、もうこの世にいない。わたしを抱きしめてくれる人も、やさしい声をかけてくれる人も、今この京都にはいない。京都だけじゃない。地球上にひとりもいないのだ。そう思うと、ふいに涙があふれ出した。なんだろう、この切なさは。たった五か月じゃないか。しかも誰かに裏切られたわけでも、ひどい仕打ちを受けたわけでもない。ただ仲間だと思い込んでいたのに、わたしはやっぱりよそ者だったのだと思うと、寂しくてしかたがない。

でも何もかもこれからなんだ。自分で自分にそう言い聞かせるしかない。指で拭いても拭いても、後から後から涙が出てくる。がんばれ摩利、って誰か言ってよ。

これくらいのことでへこたれるなんて、本当にわたしは弱虫だ。泣き虫だ。こんなわたしが九軒もの店子と付き合って、三年もの間、大家なんて仕事が務まるのだろうか。でもここで投げ出すわけにはいかない。叔父との約束は何がどうあっても守らなきゃならない。もう泣かない。あと八百五十日。

この街には美味しいものもたくさんある。ヒガシという強い味方もいるじゃないか。次郎さんだって悪人じゃないし、誰かがわたしを陥れようとしたわけでもない。こんなことでしょげこんでいられないのだ。

――本当に摩利は立ち直りが早いのね――

抜けるような秋空から、あのときの母の声が聞こえてきた。

あのときは三日間何も食べられなかったのに、次の日の朝は、ご飯を三杯もお代わりして、目玉焼きを二個とソーセージを五本食べて、バニラアイスを大きなパックごと食べ尽くしたのだった。

うまく折り合いをつけて、京都とちゃんと付き合っていこう。そう伝言板に誓った。

こんな情けない姿を誰にも見られずにすんだのも神さまのおかげだ。天国から見守ってくれている父と母のおかげだ。ハンカチでしっかり涙を拭いて立ち上がった。

いっぱい涙を流すと気持ちがうんと軽くなる。空に向かって上げた両手を思いきり伸ばした。

と、〈三番〉の書き込みに目がとまった。河井寛子（かわいひろこ）さんが、〈当分の間ギャラリーは閉めさせていただきます〉と書き込んでいる。何かあったのだろうか。

寛子さんは実用食器を得意とする人気陶芸家で、京都の料理屋さんでも引っ張りだこになるほどだ。ショールームのようなギャラリーを『ジャスミン荘』の〈三番〉で開いている。寛子さん自身が店番をすることは滅多になくて、若いお弟子さんたちが交替で接客をしている。

陶芸家の卵らしく、お弟子さんたちは寡黙な人が多く、挨拶をしても無言で会釈を返してくることがほとんどだ。男性も女性もとっつきにくい人ばかりなので、ひとりも名前を覚えていない。でもみんな礼儀正しくて不快な思いをしたことはない。

お弟子さんの数が多いからか、滅多にギャラリーを閉めることはないだけに、少しばかり気になる。〈三番〉を覗いてみたけど鍵が閉まっていて、人の気配はまるで感じられない。『無寛窯（むかんがま）』という窯（かま）が宇治（うじ）のほうにあるらしいが、そこへ行っているのだろうか？

あきらめて自分の部屋に戻ろうとすると、〈九番〉から寛子さんらしき女性の声が聞こえてきた。次郎さんの笑い声も聞こえてくるので自然と足が向いた。暖簾も上がっていない昼間の『贋作』に足を踏み入れるのは、少しばかり勇気が要る。思い切って引き戸を開けた。

「あら摩利さん、お久しぶり」

カウンターに腰かける寛子さんが笑顔を向けてきた。

「ご無沙汰してます。お食事ですか？」

大家になってすぐ、挨拶に行って以来だろうか。無難に型どおりの挨拶をした。

「『麺屋倉之介』の開店準備というとこですわ」

次郎さんがカウンターに丼鉢を並べて、之子さんに目を向けた。

「おうどん用の器を河井先生に作ってもろたんです」

次郎さんの真横に立って、之子さんが染付（そめつけ）の皿を手に取った。

「伝言板の書き込みを見て気になったんですけど、こういうわけだったんですね」

カウンターの上にびっしりと器が並んでいる。

「そうなんですよ。最初はうどん鉢とお皿だけと思っていたのですが、せっかくだから小皿も、とか、だったらご飯茶碗もとなってしまって。そんなこんなで売り物がなくなってしまったので、次の窯出しまで、しばらくお休みしようと思って」

作務衣姿の寛子さんが器を見渡した。たしか還暦近いと聞いていたけど、潑溂（はつらつ）とした表情を見ていると、とてもそんな歳には見えない。

「うちが打つおうどんには河井先生の器しかないと生意気言うて、無理やりお願いしたんです」

鉢を手にした之子さんは顔を紅潮させている。

「うちでもなかなか使わしてもらえへんのに、素人同然の倉田がこない揃えるやなんて、贅沢過ぎるんやないかと思うたんですが、河井先生もえらい乗ってくれはって」

　次郎さんが言葉を足した。

「ここまで本格的だと、お昼だけじゃもったいないですね」

　寛子さんの器はけっして安くはない。使いやすそうな小皿をギャラリーで見つけたけど、貧乏大家には手が出ない金額だった。

「わたしもそう思うんですよ」

　寛子さんが之子さんに視線を向けた。

「試験的やなんて言うたらお客さんに失礼かもしれまへんけど、うちが打ったおうどんが、みなさんに受け入れてもらえるやらどうやら、まだ自信がありませんねん」

　さすが京都人。自信満々に見えるのだけど、口では絶対そんなふうには言わない。

「そうそう、今日の晩ですけどな、お馴染みさんにうどんの試食をしてもらおと思うてますねん。倉田が来てうどんを作りますさかい、摩利さんも来てください」

『贋作』で飲みながら、おうどんの試食ができるのなら、断る理由などひとつもない。

「愉しみにしてます」

「あんまり期待せんといてくださいね」

釘をさすことも忘れない。さすが京都の人だ。

「どんなおうどんを食べさせてもらえるのか、今から愉しみです」

素直な気持ちをそのまま言葉にした。

「摩利さんにひとつお願いがありますねん」

次郎さんが改まった。

「なんでしょう?」

「わしの知り合いに倉田の話をしたら、雑誌社が取材したいと言うとるらしいんですわ。今日来ることになったんですが、よろしいやろか」

「わたしはかまいませんよ」

「助かります。こんな未熟者を取材していただけるなんて、きっと最初で最後でしょうから」

之子さんの目がきらりと光った。

2.

何度も通っているけど、『贋作』の暖簾(のれん)が上がるのをこれほど待ち焦がれたことはない。

夕暮れどきというにはまだまだ明るい路地を、奥に向かって歩く。きっともう料理の支度は調っているのだろう。〈五番〉を過ぎた辺りから、お出汁のいい薫りが漂ってくる。之子さんはどんなおうどんを出してくるのか。

敷居をまたいだ瞬間、これまでの『贋作』では感じたことのない熱気が伝わってきた。三脚を立ててファインダーを覗き込むカメラマンがいて、ノートを広げてメモをとるライターらしき人もいる。

「摩利さん、ようこそ。わざわざ来てもろて嬉しおす」

黒いパンツに白いシャツ。ソムリエエプロンを着けて、丸髷（まるまげ）にした之子さんはなんとも凜々（りり）しい。大して歳は違わないはずなのに、うんと若く見えるのが少し悔しい。

「〆にしはりますか、それとも最初からうどん行かはりますか」

次郎さんが訊いた。

普通なら麺類は〆にするところだけど、一刻も早くおうどんを食べたい。

「先にいただきます。どんなおうどんがあるんです？」

「ほんまにまだ自信がおへんのどす。さいぜんから胸がどきどきしてしもうて。すんまへん、あったかいおうどんと、冷たい皿盛りと二種類だけしか、今日はご用意できしませんでした」

佐吉さんの言葉どおり、京都のおうどんはコシがないのが一番の特徴だ。主役はあくまでお出汁なのだから、麺が主張し過ぎてはいけない。となると、麺そのものを味わってみたい。コシがあるのか、ないのか。冷たいほうを注文した。

「とりあえずお酒をください。いつものぬる燗で」

「承知しました。茹で上げを召し上がってもらいますんで、ちょっと時間をください。それまでのつなぎに、なんぞアテをお出ししますわ」

いつになく次郎さんは張り切っている。なぜそこまで入れ込んでいるのだろう。ただの先輩後輩にしては力が入り過ぎている。ひょっとして、そういう間柄なのかと思ったりもするけれど、そんなことを訊けるわけがない。

歳をとってからの子どもは可愛くてしかたがないと言いながら、次郎さんが見せてくれた赤ちゃんの写真を思いだしてしまった。

「お食事中恐縮です。わたくし『四季文化社』の崎山と申します。『ジャスミン荘』の大家さんをなさっている若宮さんですよね」

わたしと同じ世代だろうか。いかにも編集者といった感じの男性が名刺を差し出してきた。

「はい。若宮摩利です。どうぞよろしくお願いします」

中腰で名刺を受け取った。

「えらい大掛かりな取材になってしもて、すんまへんなぁ」

　長皿に盛り付けをしながら、次郎さんはわたしに頭を下げた。

「今回は『食四季』の取材でお邪魔しております」

　崎山さんが『食四季』の表紙を見せた。わたしが生まれたときから、家には必ず置いてあった食専門の月刊誌だ。両親とも食い道楽だったから、いつも舌なめずりしながら読んでいた。内容はよく分からないものの、美味しそうな料理の写真がいっぱい載っていて、ただそれを眺めるだけでも充分愉しめた。

「本当ですか。わたし『食四季』の愛読者です。父も愛読者でしたが、わたしも必ず毎月読んでます」

「『食四季』はベトナムでも売ってますのか」

　次郎さんが仕事の手を止めた。

「アメリカ、ヨーロッパ、アジア、世界三十三か国で売られています。異国に住んでおられると、日本の食が懐かしいのでしょうね。毎月購読されている方が多いんですよ」

　崎山さんが胸を張った。

「ひょっとして〈食人記（しょくじんき）〉のコーナーで紹介されるんですか？」

「よくご存じですね。来月号の〈食人記〉は倉田さんにご登場いただこうと思いまして。大家さんのお話も伺いたくて」

崎山さんが今月号を開いた。

『食四季』の〈食人記〉は毎月愉しみにしている連載コーナーだ。この道六十年といったベテランの料理人から、ルーキーシェフまで、その人間像を描きだすストーリーは読みごたえがある。わたしのことなどはきっと小さな扱いだろうが、ちらっとでも登場できれば嬉しい。

今月号は、一度リタイアしてからみごとに復活を果たした洋食屋さんのご主人の話だ。震災で全壊した店を三年半かけて建て直し、再開にこぎつけた話は涙なくして読めない。胸を熱くして読み終えたときの感動が蘇ってきた。

そんな瞬間もカメラマンはシャッターを押し続けている。『四季文化社』といえば日本を代表する出版社だし、中でも『食四季』は根強い人気を誇る雑誌だと聞いている。

之子さんはどんなふうに紹介されるのだろう。そしてわたしは。こんなことなら、もう少し念入りに化粧をしてくればよかった。

「若宮さんはベトナムから京都に来られて、大家さんをしていらっしゃるとお聞きしたのですが」

崎山さんがペンを構えると、カメラマンがわたしにレンズを向けた。必死で顔を引き締めたけど、ただこわばっているようにしか見えないだろう。

「叔父から頼まれたんです」

　順を追っていきさつを話すと、崎山さんは綿密にメモをとった。

「ベトナムと京都。戸惑われることも多かったと思うのですが」

　そう訊かれて、どこまで話していいのか、迷った。この五か月の間にわたしが出会った人やものは、一冊の本にまとめられるほどだ。ついさっきまで心が傷ついていたことは話さないほうがいいのだろう。感じたことをオブラートに包んで、きれいな物語に作り上げなきゃいけない。だってここは京都だもの。

「そんな話は後でもよろしいがな。まずはお腹を満たしてもらわんと。江戸では蕎麦前というて、蕎麦を食う前に酒を飲みながらつまむアテがあるそうです。それに倣うたら〈うどん前〉ですわ」

　次郎さんが助け舟を出してくれた。これで少し考える時間ができた。それよりなにより、わたしの前に置かれた長皿の料理は、見るからに美味しそうだ。

「五種盛りです。前菜てな上等なもんやおへんけど。酒のアテにはちょうどええ按配(あんばい)やと思います。左端は鰻の八幡(やわた)巻き、その隣が鴨ロース、真ん中は舞茸(まいたけ)の天ぷら、その右は鶏むね肉のわさび和え、右端が貝柱の焼き霜です」

　おうどんはあってもなくてもいい、なんて言うと之子さんに申し訳ないのだけど、そう思ってしまうほど、美味しそうな〈うどん前〉なのだ。

最初にお箸をつけたのは好物の鴨ロース。刻みネギと辛子をたっぷり巻いて口に入れた。鼻につーんときて、くしゃみが出そうになるのを我慢する。こんなジューシーな鴨なら、あたたかいおうどんに入れても美味しいだろうな。

鶏のむね肉って、なんかぱさぱさしていて、美味しいと思ったことがほとんどないのだけど、このわさび和えはお刺身っぽくてジューシーだ。舞茸の天ぷらは揚げ立て熱々だし、貝柱なんかはお寿司屋さんにも負けない美味しさだ。同じ長屋にこんなお店があるなんて奇跡みたい。

ちょうどお銚子一本が空になったころに、うどんが茹で上がったようだ。

大きな鍋からすくい上げたおうどんを、素早くざるにあけ、氷水で手洗いする。之子さんの手際のよさにすっかり見入ってしまった。『六原食堂』の佐吉さんが見たら、どんな感想を持つだろうか。

「うどんつゆは京都らしく、少し甘めに仕上げています。おろしわさびとおろししょうがの両方を添えておりますが、お好みでどうぞ。刻み三つ葉をおうどんにからませて召し上がってください」

寛子さん作の染付丸皿に、真っ白のおうどんがよく映える。冷麦くらいの細さで、ぴかぴか輝いているおうどん。見た目にはかなりコシが強そう。ネギではなく三つ葉なのも、何か考えがあってのことなのだろう。之子さんの言葉どおり、おうどんに刻み三つ葉をからませてから、つゆに浸し、口に入れた。

二度、三度、それを繰り返して、驚きのあまり思わずうなってしまった。

「どないですやろ」

之子さんが心配そうにわたしの顔を覗き込んだ。

「こんなおうどんを食べたのは初めてです。どう言ったらいいのか……」

答えながらも、お箸を止めることができない。

「どうですんやな、旨いのか、まずいのか」

次郎さんがじれている。

「美味しいです。間違いなく美味しいんですけど、この味をどう表現したらいいのか」

『食四季』の編集者がいる前で、下手な表現はできない。最後のひとすくいを口に入れたとき、カメラマンがわたしにレンズを向けた。大口を開けてしまったことを後悔したけど、時すでに遅し。

「美味しそうに食べられますね」

崎山さんがほほ笑んだ。

「だって本当に美味しいのですもの」

ちょっと気取ってみたけど、なんとなくぎこちない。

それはともかく、一番驚いたのは麺のかたさだ。讃岐うどんのようなコシはないのだが、歯ぐきで噛み切れるほどやわらかくはない。でも歯ごたえと言えるようなものは感じない。プロのライターならちゃんと表現できるのだろうけど、わたしにはこれで精いっぱい。

「これまで食べたことのない麺です。京都らしいやわらかさなんだけど、コシがないという感じじゃない。でも、わたしは好きです」

「おつゆのほうはどないです？」

之子さんが心配そうな顔で訊いた。

「麺とすごく合ってると思います。ちゃんとお出汁が利いていて、少し甘めだけど後口はさっぱりしているし」

「摩利さんに気に入ってもろて嬉しいですわ。なぁ倉田」

次郎さんの言葉に、之子さんは嬉しそうにうなずいた。

「そろそろお話の続きをお伺いしてよろしいでしょうか」

崎山さんが遠慮がちな目でわたしを見た。

「えっと、なんのお話でしたっけ」

ハンカチで口の周りを拭った。

「ベトナムと京都の違いに戸惑われたのでは、という話ですが」

「たしかにまったく違いますね。ベトナムの学校や本で学んだこと、両親から聞かされた話など、ある程度の予備知識を持って、京都にやってきたのですが、思っていた以上に複雑というか、込み入っていて、戸惑うことも少なくありません。でも食べ物はどれも美味しいし、神社やお寺などの見るべきところもたくさんあるので、毎日を愉しく暮らしています」

無難に受け答えできたと思う。

「この『ジャスミン荘』では、みなさんがお住まいだけではなく、お店や工房などとして活用されていますが、その点についてはいかがです？」

「最初は驚きましたが、今ではわたしの生きがいにもなっています。こんなに愉しい長屋って他にないでしょ？」

「少なくとも東京にはこんな路地長屋はありません。昔の江戸には長屋はたくさんあったようですが、居酒屋さんや喫茶店はなかっただろうと思います」

崎山さんが『贋作』の中を見回した。

「摩利さんの叔父さんにあたる林蔵さんという大家さんが、ほんまにええ人やったんで、こんな長屋になったんですわ」

次郎さんが大量の三つ葉を刻みながら言葉を挟んだ。そんなにたくさんのお客さんが来るのだろうか。

「その話を詳しくお聞かせください」

崎山さんが次郎さんに向き直った。

「十年近うも前のことです。わしの勤めとった食品会社がつぶれてしまいましてな。失業してしもたんですわ。なかなか働き口が見つからいで、昼間から酒をくらうような毎日でした。見るに見かねてやと思うんですが、ある日林蔵さんが、居酒屋をやったらどうや、て言うてくれはったんです。会社では料理の試作を担当してたのを、ようご存じやったさかいやろと思います。雇用保険で食いつないどったときですさかい、絶対無理やと思うたんですが、林蔵さんが保証人になってくれはって、開業資金を銀行から借りることができました」

ときどき包丁の手を止めながら、次郎さんがとつとつと語った。

「普通は定期的な収入がないと銀行は貸しませんよね」

崎山さんはすらすらとペンを走らせている。

「林蔵さんは、この長屋の土地を担保として差し入れてくれはったんです。ほんまに命の恩人ですわ」

次郎さんが目を潤ませた。

「叔父さんは男気のある方だったんですね」

崎山さんは身体の向きをわたしのほうに変えた。

「そうなんでしょうね」

としか答えようがない。叔父に会ったのは数回ほどだし、そのほとんどは子どものころなのだから。でも少しばかり見直した。なんとなく商魂たくましい〈浪花あきんど〉という感じの人だと思っていたが、どうやらそうではなかったようだ。

千日間だけでいいから大家を続けてくれと、林蔵から言われたときのことを懐かしく思いだした。

「珠樹さんもわしと同じクチなんですわ。ご主人が亡くなって、生活に困ってはったんを見て、林蔵さんは喫茶店をやるように奨めはった」

「珠樹さんというのは？」

崎山さんが急いでノートのページをくった。

「〈八番〉で『しぁんくれーる』というコーヒー屋をやってはる佐野珠樹さん」

次郎さんが答えた。

「はす向かいのお店ですね」

ノートに貼ってある『ジャスミン荘』の見取り図に、崎山さんが印をつけた。

わたしの中の叔父像はどんどん株を上げていく。

「叔父がそんな人だったなんて、今初めて知りました」

正直にこんなことを言ってもよかったのだろうか。

「林蔵さんはシャイな人やったさかい、自慢話はなさらんかった」

「うちがここでおうどん屋さんをさせてもらえるのも、その林蔵さんのおかげどす。『贋作』がなかったら、こんなことできしませんやん」

次郎さんの後に之子さんが続いた。

「ありがとうございました。いい記事ができると思います。後はごゆっくりどうぞ」

頭を下げて、崎山さんがノートを閉じた。

わたしの話が、どんな形で使われるのかは分からないが、とにかく無事に終わってよかった。さあ、ゆっくり飲もう。次郎さんに今日のお奨めを訊いた。

「今夜は『麺屋倉之介』が主役でっさかい、大したもんはおへんのですわ。鯖の焼いたんか、落ち鮎の鞍馬煮、丹波地鶏の唐揚げ辺りが、摩利さん向きやと思います」

そう、今日の『贋作』はおうどん屋さんだったんだ。長っ尻にならないようにしなければ。

とりあえず鯖の焼いたん、で様子を見ることにした。

京都の人は、〈たん〉という言葉をよく使う。焼物は〈焼いたん〉だし、煮物は〈炊いたん〉だ。〈ん〉が付くと言葉がやわらかくなって、いかにもほっこりした味に思えるから不思議だ。揚げ物だって、〈揚げもん〉と言われると、あっさり味を想像してしまう。

そして京都の人は鯖が大好きだ。鯖寿司もだけど、焼いたり煮たりして、鯖を食べる機会が本当に多いらしい。『贋作』でも必ず鯖は品書きに載っている。

海から遠い京都の街では、鯖街道と呼ばれる若狭からの道筋をたどって運ばれてくる鯖は、貴重な海の幸だったのだろう。

店の中に薄っすらと煙が立ち込め、魚を焼く香りが広がる。うどんの風味をそこねないか、少し気にかかるところだが、それは今夜だけのこと。これから先も、夜にもおうどんを食べたいと思った。

次郎さんが鯖を焼いている間も、之子さんはインタビューを受け、いろんなポーズで被写体になっている。どんな〈食人記〉になるのか、今から愉しみだ。

「ほい、鯖の焼いたん」

思っていたより大きな焼鯖が出てきた。焦げた皮目からいい匂いが立ち上ってくる。

「酢橘絞ってもろてもええんですが、胡麻味噌を塗って、七味をふってもろても美味しいと思います。お酒はどないしましょ」

徳利が空になっていることを、次郎さんはちゃんと知っている。

「ぬる燗を一本お願いします」

誰がなんといっても鯖には日本酒だろう。それも大吟醸だとかの冷酒じゃなく、ほっこりできるような燗酒がいい。

「お隣の近江の酒ですけど、〈松の司〉にしまひょか。ぬる燗にはぴったりやと思います」

次郎さんのお奨めにしたがって後悔したことなど、一度もない。

やがてわたしの前に置かれた徳利を傾けると、焼鯖にこれ以上ない相性のよさを見せるお酒が、盃からあふれた。

鯖は京都以外でも食べられているのだろうか。日本に着いて、最初に滞在した東京でも、その後しばらく滞在した大阪でも、一度も食べたことがなかった。京都に来てからは、鯖寿司、塩焼き、味噌煮と、鯖を使った料理があれば必ず頼むようにしている。

酢橘をたっぷり絞って口に運ぶ。なんとも言えずみずみずしくて美味しい。当たり前だけど、ベトナムで食べていた鯖とは段違いだ。胡麻味噌も付けてみたけど、わたしは酢橘だけで食べるほうが好き。

カウンターの中で次郎さんは忙しそうに動きまわっている。料理の追加を頼みにくい雰囲気だ。ゆっくり鯖を味わうことにした。

「いらっしゃい」

「おこしやす」

次郎さんと之子さんの声が絶え間なく続く。あっという間に狭い店の中は人であふれ返ってしまった。

鯖の焼いたんと一緒にお酒もなくなり、ぼちぼち潮時。まだまだ飲んでいたいし、あたたかいおうどんも食べてみたいけど、席を譲らなきゃいけない空気だ。お勘定を済ませて店を出ると、行列ができていて、『贋作』の暖簾を目指していた。

『贋作』が満席になるのを見たことは一度もない。ましてや行列ができるなんて想像もしなかった。

次郎さんは店が混み合うことを嫌がる人だ。空席はまだあるのに、予約でいっぱいだと言って断ることも何度かあった。それなのにこの行列はいったい……。

人気が出るのは悪いことではないのだろうけど、こんなことは今夜だけにして欲しいと思うのは、常連客のわがままなのだろうか。

時計を見ると、まだ八時を回ったばかり。秋の夜は長い。『贋作』ではいつも閉店ぎりぎりまで居座っているから、この時間からどう過ごしていいのか分からない。

そうだ。ヒガシを呼び出してみよう。いや、でももうお酒を飲んでいるし、酔った勢いで呼びだしたと思われるのも、あまり美しい話ではない。

おとなしく部屋に戻るのがいい。そんな声が空から聞こえてきたような気がした。

〈一番〉に戻ってシャワーを浴びた。髪を乾かしながら、冷蔵庫から缶チューハイを出してきて、ちゃぶ台に置いた。

京都に来てから、今日が一番長い一日だったような気がする。

最初の三か月は本当に平穏な日々だった。大家という仕事に慣れていなかったせいもあるけど、日常をこなすだけで精いっぱいだったし、美味しいものを食べ歩いたり、新たな発見があったりで、毎日が愉しくてしかたがなかった。

そこへきて、あの忌まわしい殺人事件だ。突然のできごとに、ただただ戸惑うばかりだったが、そのおかげで、というのもおかしな言い方になるけど、いろんな人と出会うことができた。中でもヒガシとの出会いは運命的だと思うし、ようやく京都の人たちと心を通い合わせることができたと、心の底から喜びを感じていた。

それだけにヒガシから話を聞いたときのショックは、あまりにも大き過ぎた。

京都という街も、住む人たちも本当に深い。分かったつもり、知ったつもりになっていたことの愚かさを神さまが教えてくれたのだ。これから先に出会うさまざまな人や、できごとにどう向き合えばいいのか。それを考えるチャンスをもらった一日。明日になってからゆっくり考えよう。缶チューハイを二本飲むと急に眠気が襲ってきた。ちゃんと歯を磨かなきゃと思いながら、ふらふらとベッドに倒れ込む瞬間に、ささやかなしあわせを感じるわたしだ。

3.

引き戸を叩く音で目が覚めた。時計を見ると朝の六時ちょうど。いったい誰が。パジャマのまま三和土（たたき）に立った。

「どちらさまですか」

引き戸の鍵をたしかめてから訊いた。

「朝早うからすまんことです。次郎ですけど、ちょっとお話ししとかんならんことがありまして」

なんだか切羽詰まった様子だ。相手が次郎さんだからすっぴんでもいいけど、さすがにパジャマのままというわけにはいかない。急いでカーディガンを羽織って鍵を開けた。

「何かあったんですか」

「わしもよう分かりまへんのやけど、こちらに迷惑がかかるようなことになったら申し訳ないと思うて」

目を真っ赤に充血させて、次郎さんが頭を下げた。

「とにかくお入りください」

　作務衣姿の次郎さんを招き入れた。

「ゆうべのうちにお話ししとこと思うたんですが、真っ暗やったんで」

いつもは遅くまでパソコンをいじったりするんだけど、シャワーをあびた後、缶チューハイを二本飲んで寝てしまった。ゆうべ、いったい何があったというのだ。

「摩利さんがお帰りになった後、マスコミからの問い合わせが引っ切りなしに入ってきまして」

「どういう問い合わせです？」

「倉田のうどん屋のことですねん。若い美人のうどん職人やということが、えらい注目されてるみたいで」

「まだお店も開いてないのに？」

「先にツバ付けとこという肚（はら）やと思います」

「どこから情報を得たんでしょう」

「おそらく崎山やと思います。記事が出る前に盛り上げようとしとるんでっしゃろ。知り合いの記者や編集者に、大げさに言うとるんやないかと」

「静かな長屋の空気だけは乱さないようにお願いしますね」

「そうならんようにします」

次郎さんはそれだけ言うと〈九番〉に戻っていった。

美味しいおうどんが食べられる店として注目されるならまだしも、物珍しさだけで話題になるとロクなことにならない。よそのお店をどうこう言ってる場合じゃない。こんな狭い路地に行列でもできたら大変なことになる。何より近所迷惑だ。

もう少し寝ていたい気もするけど、すんなり眠りにつけそうにない。寝ぼけまなこをこすって、朝の支度を始めた。

いつものように『柳月堂』のトーストをかじりながら新聞を広げる。秋祭りの記事が少し気になるが、切り抜くほどではない。最近は忙しくてハサミの出番が少ない。大家になって最初の十日間ほどは、新聞が無残な姿をさらすほど、切り抜きまくっていたのに。

着替えを済ませて、いつものように伝言板を見ようと玄関の引き戸を開けた。

寒いとまでは言えないが、ひんやりとした空気に身震いする。今の時期でこんなだから、冬になるとどれくらい冷えるのか。やっぱりホットパンツで冬は越せないのだろうなと思うものの、どうにもあの長いパンツは苦手だ。自由に動けないような気がする。

どこも代わり映えしない書き込みの中で、〈九番〉だけがやけに目立っていた。

——話題のうどん屋近日開店！——

なんとも可愛い字だ。次郎さんは達筆でこんな字じゃない。之子さんが書いたのだろうか。こんな可愛い字を書く人だったんだ。好感度アップ。おうどんのイラスト入りなんてちょっと意外。

とりあえず撮っておく。このクセは直らない。撮るには撮るのだが、整理整頓が苦手なので、写真だけがどんどんたまっていって、どこにどの写真があるのか、いつも見つけられずにいるのは、うちのクローゼットと同じだ。

何がどうとかいうわけではないが、『麺屋倉之介』の行く末が気になってしかたがない。最初に話を聞いたときは、もっと控えめな形だろうと思っていたのに、有名雑誌の取材は入るわ、まだ開店もしていないのに、話題になっているわ、で騒がしいことこの上ない。こんなことも次郎さんの中では織り込み済みだったのか、それとも思いがけない展開になってしまったのか。訊いてみたいけど、きっと本音は語ってくれないだろう。わたしも少しずつ学習ができている。

「おはようございます」

爽やかな声をかけてきたのは、寛子さんのところのお弟子さんだ。名前は忘れたけど、ヒガシと同世代だろうか。作務衣がよく似合う、なかなかの好青年だ。

「ギャラリーはしばらくお休みされるんですよね」

「ええ。寛子先生がうどん屋さんに入れ込んじゃったので」

青年が苦笑いした。

「今朝はずいぶん早いんですね」

「追加の納品がありまして。テレビ映えするような器を探すように先生から頼まれたんです」

「テレビ？　テレビの取材が入るんですか？」

「大家さんはご存じなかったんですか」

「取材があるとは聞いてましたが、テレビまで入るとは」

少しばかり不愉快になった。

雑誌とテレビとではまったく影響力が違う。テレビカメラが入る大げさな取材はきっと店子たちに迷惑をかける。『ジャスミン荘』の中だけではない。ご近所さんにもお断りをしなきゃいけない。次郎さんも、テレビならテレビとはっきり言ってくれればいいのに。

「僕は福岡の生まれなので、コシの強いうどんは苦手なんですよ」

青年がぼそっと言った。

「でも倉田さんのおうどんは、そんなにコシの強いおうどんじゃないですよ。京都らしいと言えなくもないし」

なぜわたしはムキになっているのだろうか。よく分からない。

「そうなんですか。食べてないので分からないのですが、寛子先生は、これまで京都にはなかったコシの強いうどんだと言ってましたけど」

林蔵が保管していた入居申込書によると、寛子さんは京都生まれの京都育ち。河井家は三代前からの陶芸家だ。根っからの京都人にとっては、あれくらいでもコシが強いと感じるのだろうか。それより何より、この青年は何を思って、こんなことをわたしに話しているのか。

「僕が寛子先生のところに弟子入りして三年になるのですが、ギャラリーを長期間にわたって閉めることなんて一度もなかった。自分の作品をいつも誰かに見ていて欲しいから。そうおっしゃっていました」

「ギャラリーを休むのがご不満なんですね」

ストレートに訊いてみた。

「そのうどんにどれほど寛子先生が惚れ込まれたとしても、ギャラリーだけは開けてて欲しかったんです」

「開けられないほど、作品がなくなったんですか」

「ぜんぶ持っていかれたようなものです。窯場(かまば)もギャラリーもスカスカですよ」

「おうどん屋さんに、そんなにたくさんの器が必要なんですか?」

「僕に訊かれても困ります」

よく考えれば、たしかに不思議な話だ。

「寛子先生の器はプロ好みと言いますか、料理屋さんには評判がいいのですが、一般にはあまり知られていなくて。先生はこれを機にメジャーデビューしたいと思ってらっしゃるのだろうと思います」

そのことを快く思っていないだろうことは、青年の表情から明らかだった。

「それはいけないことなのですか?」

素直な疑問を投げかけてみた。

「いい悪いの問題ではなく、寛子先生の持ち味が変わってしまうのではないかと心配なんです。あ、失礼しました。いきなりこんな話をしてしまって」

青年はふと我に返ったような顔をし、一礼をして立ち去って行った。

「あのー」

背中に声をかけた。

「はい?」

作務衣姿の青年は立ち止まって振り返った。

「お名前を忘れてしまったんですけど」

「立原恵一です。立って歩くの立つ。野原の原。恵む一つ」

言い終えて立原さんはにっこり笑った。

立原さんの話は、わたしの中でもやもやしていたものと、ちょうど重なり合うものだった。まだそんなに深くは知らないけど、『無寛窯』は知る人ぞ知るというブランドだからいいのであって、世間一般に流通してしまったら、持ち味をなくしてしまうのではないだろうか。

何度も会ったわけではないが、いかにも陶芸家といった感じの物静かな人だったのに、最近の寛子さんは妙にはしゃいでいる。

次郎さんと之子さん、そして寛子さん。三者の関係が今ひとつ理解できないのだが、立原さんの話を聞くと、少し分かったようでもあり、余計に分からなくなったような気もする。

立原恵一……。昔どこかで会ったような気もするが、そんなはずはない。きっと思い違いなのだろう。

立原さんが〈三番〉に入って行ったと同時に、〈九番〉から若い男性が、之子さんと一緒に出てきた。誰だろう。

「おはようございます」

大きなトートバッグを手にした之子さんが挨拶すると、ボディバッグを背にした若い男性がわたしに向かって、ちょこんと頭を下げた。

「大家さんの摩利さんや。ちゃんと挨拶しなさい」

「倉田之啓(ゆきひろ)です」

之子さんに背中を押されて、ぼそっと之啓くんが名乗った。

弟だと紹介されたが、ずいぶんと歳が離れている。ニキビが目立つ顔はどう見ても高校生だ。

「力仕事は之啓にまかせてますねん」

たしかにスポーツマン体型だが、おうどん屋さんの力仕事って何だろう。佐吉さんが言ってた鍋のことだろうか。となると之啓くんも店に入るのか。

「来年受験ですさかい、開店の準備だけ手伝わせてます」

京都の女性は本当に不思議だ。読心術でも心得ているのか。それともわたしの心は簡単に見抜かれるほど単純なのか。

わたしにはきょうだいがいないのでよく分からないのだけれど、お姉さんが店を開くといって、朝早くから手伝ってくれるほど、弟って素直なのか。それだったらわたしにも、ひとりくらい弟が欲しかった、なんて今ごろになって言っても遅いのだが。

「なんや知らん、たんと取材が入ってるみたいで、摩利さんにはご迷惑をおかけするかもしれまへんけど、どうぞよろしゅうに」

之子さんはどことはなしに、昨夜に比べると余裕があるように見える。取材を受けたことで自信ができたのだろう。こうして〈美人女将(おかみ)が営むおうどん屋さん〉ができ上がる。

歳が離れているが、ふたりはまるで恋人どうしのように見える。伝言板の前で立ちどまり、姉と弟は笑い合ってから路地を出て行った。

今日は本当に朝からいろんな人に出会う。きっとそれはいいことなのだろうけど、なんだか疲れてしまった。こう見えて、わたしは人付き合いが得意なほうではない。二度寝をしようと思って部屋に戻った。

自分の意思で目覚めたのでなく、無理やり起こされた、という意識が睡魔を生み出す。生成りのソファで横になる。うつらうつら。すーっと眠りに落ちる瞬間ってどうしてこんなに気持ちがいいのだろう。そんな快感を妨げたのは『ジャスミン荘』に似つかわしくない、大勢の人がうごめく気配だった。

ソファは路地に面した窓際に置いている。アルミサッシのような遮音性がない窓だから、人の行き交う気配を肌で感じる。ただごとではない空気に、タオルケットをはねのけ窓を開けた。

なんだ、この騒ぎは。わたしは眠い目を何度もこすった。

4.

路地の入口に停まったマイクロバスから次々と人が降りてくる。背中にテレビ局のロゴがプリントされたブルゾンを着たスタッフの数は、想像をはるかに超えていた。

玄関戸を叩く音と同時に、わたしを呼ぶ声が聞こえてきた。

「大家さんの若宮さんですね。近畿テレビから『麺屋倉之介』さんの取材で参りました本条と申します。少々お騒がせするかと思いますが、どうぞよろしくお願いいたします」

本条さんが差し出した名刺にはチーフプロデューサーとある。今さら嫌だとも言えないが、不意打ちをくらったようで、あまりいい気分ではない。

「住人の方にご迷惑がかからないよう、よろしくお願いしますね」

本条さんにはそれだけ言うのが精いっぱいだった。

「もちろん承知しております。極力ご迷惑をおかけしないようにいたしますので」

本条さんの後ろに立っていた、若い男性が名刺を差し出してきた。肩書はディレクターになっている。ふたりの役割がどう違うのかよく分からないのだが。

大家としては、何をおいても住人の環境を守らなければいけない。伝言板の前に立って、取材の様子を見守ることにした。

きっとテレビの取材は大がかりだろうと思っていたが、まさかこれほどとは思っていなかった。たくさんの機材が〈九番〉の中に運び込まれていく。

スタッフは全部で十数人もいるだろうか。ほとんどがわたしより若く見える。テレビ番組を作っているのは、こんなに若い人たちなのかと少しばかり驚いた。

それにしても、まだ開店すらしていない、しかも素人のうどん屋さんに、なぜこれほどたいそうなテレビ取材が入るのだろう。次郎さんの話では『食四季』の崎山さんが拡散したということだったが、昨日の今日では無理だろう。つまりもっと早くからこの取材は決まっていたはずだ。どんな番組なのか。ただのグルメ番組か、それともバラエティか、ドキュメンタリーなのか。俄然、興味が湧いてきた。

縁故か何かの伝手を頼って、之子さんが依頼していたのだろうか。でも之子さんはさっき出て行ったばかりだ。となると、〈九番〉で取材に応対しているのは次郎さんなのか。あれこれ考えているより、この目でたしかめるのが一番だ。

頻繁に出入りするスタッフの間を縫って〈九番〉を覗き込むと、思ったとおり次郎さんが忙しそうに準備に追われていた。でも取材を受けるのは『麺屋倉之介』であって『贋作』ではないのだ。どう考えても次郎さんの熱の入れようは尋常ではない。

そう思いながら見つめていると、次郎さんと目が合った。

わたしの思い違いかもしれないが、今まで見たことのないまなざしだった。何かを訴えかけるような強い視線のようでもあり、詫びているようにも見える。いったい次郎さんは何を言いたいのだろう。じかに訊いてみたいけど、狭い店の中は機材やスタッフで埋め尽くされていて、近づくことすら難しそうだ。

「おはようございます。えらい遅うなってすんません」

之子さんが戻ってきた。

「挨拶はええさかい、早ぅ支度せな。間に合わんで」

険しい顔つきをした次郎さんが、厳しい言葉を投げかけた。

「すんません。すんません。ちょっと通しとくれやすか」

左右のスタッフに頭を下げながら、之子さんが次郎さんのそばにたどり着いた。

次郎さんは怒ったような顔のまま、之子さんに次々と指示を出す。いつもは柔和な顔の次郎さんが、こんな表情を見せるのは初めてのことだ。

やはり、ただならぬ関係なのだ。わたしはあらぬ想像をしてしまった。自分が面倒を見ている若い後輩と。あってはならないことではないか。と思ってはみたものの、こんな様子がテレビで流れたら、奥さんにはすぐバレてしまうわけだし。となるといったい……。

何もかも謎だらけだ。

「一時間後のスタートになりますので、みなさんよろしくお願いします」

台本を脇に挟んだディレクターが両手をメガホンにすると、あちこちから呼応する声が上がった。

「赤垣さんが是非にとおっしゃってますので、撮影現場をご覧いただけますか」

本条さんが声をかけてきた。

「お邪魔にならなければ」

結果を見届けないわけにはいかない。望むところだ。

「一時間後に始めますので、そのときにこれを持ってお越しください」

テレビ局のロゴが入った身分証を手渡され、首から下げた。

一時間か。どうやって時間をつぶそうか。その間に次郎さんに訊きたいことがたくさんあるが、今の様子を見る限り無理なようだ。

部屋に戻ってお茶の時間にしよう。そうだ、お菓子が買ってあった。『紫野源水（むらさきのげんすい）』の〈松の翠（みどり）〉。あれを食べながら『柳桜園』のほうじ茶を飲もう。うん、それがいい。

小走りで〈一番〉に戻ったわたしは、真っ先にお湯を沸かし、水屋からお菓子を取り出した。

『紫野源水』はお気に入りの和菓子屋さんだ。気楽な店なのに本格的な和菓子を作っている。ベトナムにいたころにも〈松の翠〉は何度も食べていた。京都からやってくる父の友人が、いつもこれをお土産にくれたのだった。そんなこともあり、京都にやってきて真っ先に訪れたのは『紫野源水』だった。

大粒のあずきを蜜煮にして、餡とすり蜜で固めた小さなお菓子は、形も崩れにくく、日持ちもするので日本からの土産にはぴったりだと、父はいつも相好を崩して食べていた。ちょうど父の親指ほどのサイズで、ひと口で食べられるのだが、わたしは必ず半分に割り、断面をしっかり見てから食べたものだ。

子どものころの習慣はそう簡単には忘れないもので、今もまずふたつに割って、大粒のあずきを眺めて愉しんでから、そっと口に入れる。ほどよい甘さとシャリシャリしたすり蜜の食感が、なんとも言えず美味しい。熱いほうじ茶の香りにもよく合うし、この取り合わせは心をほっこり丸くしてくれる。

箱には十五個ほど入っているはずだ。ひい、ふう、みい、と京都流に残りの数を数えてにんまりするのもいつものこと。

もうひとつ食べようかどうしようか、と迷っているところへ次郎さんが訪ねてきた。ちょうどいいタイミングだ。

「どうぞどうぞ。お茶してたところです」

喜んで招き入れた。

遠慮がちに上がり込んだ次郎さんは、ちゃぶ台の前に座って〈松の翠〉を口に入れた。

「ちょっと一段落したんで、摩利さんにはお話ししとかんといかん、と思うて」

お菓子を食べた後、次郎さんは指先を懐紙で拭いた。

ちゃぶ台を挟んで向かい合う次郎さんが、ホッとしたような顔つきをしているのは、〈松の翠〉のせいか、ほうじ茶のせいか。それともこれから話す内容によるものなのか。

「ちょうどわたしもお訊ねしたいことがあったんです」

急須を傾けて、次郎さんにほうじ茶を注いだ。

「そうやろうと思うてました。倉田のことですわなぁ」

ちゃぶ台に視線を落としたまま、次郎さんのひとり語りが始まった。

「会社勤めしとったころ、毎日のように通うてたうどん屋がありましてな。京都ならではのこしぬけうどんで、出汁も美味しいて、何より値段が安い。わしらみたいな安月給の勤め人にはありがたい店でした。店のご主人も女将さんもほんまにええ人で、わしが失業したときもえらい心配してくれはって、――ある時払いでええ――と言うて、食べに行ってもお金を取ってくれはらなんだ。そうこうしとるうちに『贋作』をやることになって、すっかりその店のことを忘れてしもうてました」

　次郎さんがお茶を飲みほして続ける。

「去年の今ごろやったかなぁ、ふと思いだして、食べに行ったんですわ。そしたら味がすっかり変わってしもうて、ご主人の姿がどこにも見えん。店の人に訊いたら、ご主人が倒れはって、自分は店を借りてるだけやという話でした。連絡先を聞き出して見舞いに行ったら……」

　次郎さんが唇をまっすぐに結んだ。

「重い病気だったんですか」

　少しだけ言葉を挟んだ。

「重い脳障害で身体の自由が利かん状態でした。歩いたりもできんし、口もまともにきけん。それでもわしのことを覚えてくれてるみたいで、懐かしそうな顔して涙を流してはりました。ある時払いやと言うてもろたのに、返しにも行かんと不義理してたことを詫びたんですけど、ただただうなずいてはるだけで。恩返しもできんことが歯がゆうてね。ただただご主人の手を握るだけやった」

　次郎さんのほほを涙がひと筋伝った。

　こんなときにどんな言葉をかければいいのか。

「そのときに病室に入ってきたふたりの顔に見覚えがある。そや、あの子どもらや。というても、もう子どもやないんですけどな、昔の面影はありました。ニキビ面の弟は生意気盛りいう感じやけど、お姉ちゃんのほうはすっかり大人の女性になって、しかもえらいべっぴんさんになってて……」

「ひょっとして、その人が之子さん？」

わたしの問いに次郎さんが大きくうなずいた。

「ふたりとも忙しいときには店をよう手伝うてたさかい、わしのことも覚えてくれてました。ご主人の之人（ゆきと）はんは、定休日も作らんほど元気な人やったのに、なんでこんなことになったんやて、ふたりに訊いたんですわ。そしたら之啓くんがえらい血相を変えてまくしたてたんです。あんまりきついこと言うもんやさかい、お姉ちゃんにたしなめられてました」

《うちの店の真向かいにできたうどん屋のせいです。そしてその店を絶賛して、うちのうどんをこきおろした星山（ほしやま）というグルメライターのせいです。あの店は、のびたうどんを客に食べさせるとウソのブログを書いて。それからお客さんが急に減ってしまって、オヤジはショックを受けて倒れたんです。あいつらがオヤジをこんな姿にしよった》

《之啓、そんなこと言うたらあかん。お父ちゃんは働き過ぎて倒れはっただけや。向かいに店ができたんも、うちをつぶそうと思ってのことやない。星山さんがうちの店のことを酷評しはったさかいにお客さんが減ったんやない。向かいの店のおうどんのほうが美味しいと思うお客さんが増えただけや。なぁ、お父ちゃん》

「あのとき、もの言えん之人はんがどう思うてはったかは分からん。もどかしいて、悔しかったんやろな。ただただ涙を流してはるだけやった。女将さんの文子(あやこ)さんがタオルで涙を拭いてあげてはりました」

伏し目がちに次郎さんが言った。

そうだったのか。やっとこんがらがった糸が解けてきた。浮かんできたのは『京麺しづか』の向かいにあった、古びたおうどん屋さんだ。之子さんはあの店の娘だったのだ。星山というグルメライターの話も聞いたことがある。お店とコンサル契約を結んで、その店をあちこちのメディアで絶賛し、ライバル店の悪評をまき散らす。星山を師と仰ぐグルメブロガーがこれに追随し、どんどんエスカレートしてゆく。そんな噂を聞いてはいたが、どうやら本当の話のようだ。

「之人はんの汚名をなんとしてもそそぎたい。そんな思いで之子はんがうどんの修業をしてはると聞きました。すぐにうちの店を使うてくれと申し出ましたんや。これで少しは恩返しができるんやないかと。あくまで噂の域を出まへんでしたが、『京麺しづか』が近所にできるっちゅう話も聞いてましたさかい。之人はんの無念を晴らすにはうちでやるしかない。ほんまに思いつきやったんですが、之人はんはベッドの上で声を上げて泣かはりましてなぁ。なんとしても実現して成功せんとあかん、そう思うたんです」

「そういうことだったんですか。やっと謎が解けました」

わたしは思ったままを口にした。

「すんまへん。摩利さんには、いつかこの話をせんならんと思うてるうちに、話がどんどん進んでいきましたんや。之人はんがやってはった店は『倉うどん』ていうて、当時は熱心なファンも多かった。知る人ぞ知る、っちゅうやつです。実は近畿テレビの本条さんもそのひとりですねん」

次郎さんが恥ずかしそうに頭をかいた。

そんな物語があったから、素人同然のおうどん屋さんをテレビが追いかけるのか。ようやくわけが分かった。どんどん謎が解けていくのはカタルシスだ。ちゃぶ台を挟んで、次郎さんの話を聞きながら、いくつもの納得を重ねた。そしてそれは胸のうちのもやもやを見事に晴らしてくれた。

「すみません。赤垣さんいらっしゃいますか。そろそろ始めたいのですが」

本条さんの声に次郎さんが立ち上がった。

「後でまた」

「愉しみにしてます」

それでもまだ半信半疑なのは、苦い経験をしたからだ。ちゃんといきさつを説明してくれたけど、まだ何か隠していることがあるんじゃないか。よそ者は蚊帳の外において、京都人だけに通じ合うカラクリがあるような気もする。本当に京都という街、人は難しい。

肩透かしを食わないよう、八信二疑くらいの姿勢で撮影に立ち会うことにしよう。少しだけ化粧を直し、忘れないように身分証を首から下げて〈九番〉に向かった。

「摩利！」

わたしを呼ぶ声が背中に突き刺さった。間違いない。あの男だ。聞こえなかったふりをした。

「とうとう耳までやられたか。かわいそうに、もう老化現象が始まったんやな」

相変わらず無礼な男だ。知らん顔してまっすぐ路地を歩いた。

「おい、財布を落としたぞ」

「え？」

思わず振り返ってしまった。

「老化しとっても、欲の皮だけは突っ張っとるな」

こんな単純なわなに掛かった自分が情けない。

「おまえの長屋でテレビの撮影があるというから、見に来てやったぞ」

何をたくらんでいるのか。ただ見に来ただけではないはずだ。何か犯罪がからんでいるのか。でも、そんなはずはない。この前だまされたことに文句を言ってやろうと思っていたが、それもなんだか悔しい。これから先、鬼塚にはどれほど悔しい思いをさせられるのだろうか。

せっかく意気揚々とロケ現場に向かおうとしたのに。

せめてヒガシが一緒に来てくれれば、少しは気がまぎれるのだが。

「おまえはあのうどんをどう思うんや」

また、おまえ、だ。いつまで経ってもこれだけは慣れない。

「どうって?」

「せやから、旨いのかまずいのか、どっちや」

「美味しいと思いましたよ。讃岐うどんのようなコシは全然ないけれど、少しだけ歯ごたえのある麺で、つゆも美味しかった」

路地を歩きながら答えた。

「えらいほめるやないか」

「思ったままを言ったまでです」

「次郎が入れ込んどるだけのことはある、っちゅうわけやな」

　鬼塚はどこまで事情を知っているのだろうか。トラブルを起こさず、無事に撮影が終われ
ばいいのだが、きっとそうもいかないだろうな。

「すみません、関係者以外の方はご遠慮いただけますか」

〈九番〉の前で目を光らせていた若い女性スタッフが鬼塚の前に立ちはだかった。

「撮影が無事に終わるように来てやったのに、なんやその無礼な態度は」

　身分証を見せて、鬼塚が大声で女性スタッフを怒鳴りつけた。慌てて飛び出してきた本条
さんがふたりの間に割って入った。

「大変失礼いたしました」

　鬼塚の勢いに気圧されたのか、本条さんが丁重に鬼塚を招き入れた。

『贋作』の狭い店の中は機材とスタッフで埋め尽くされている。わたしと鬼塚は、店の奥に
ある座敷に案内された。店の中が見渡せる特等席だ。大きな声が飛び交い、殺気立った空気
の中で、座敷だけはのんびりとしていて、なんだか申しわけない気がする。

「おまえも食うか」

　鬼塚がわたしの前に和菓子を差し出した。

「『亀屋久満』の新製品や」

小さな紙箱に入った、真っ白のお菓子に目が釘づけになった。

「白のきんとんで、中の餡も白餡を使うとる。真っ白になって一からスタートという意味やろな」

言うなり鬼塚が丸ごと口に放り込んだ。

「菓銘は付いているんですか」

わたしは丸ごと食べるような下品なことはしない。添えられていた菓子切りで半分に切ると、本当に白一色のお菓子だった。

「〈しろむく〉やそうな」

「白無垢ですか。憧れるなぁ、花嫁衣裳。新生『亀屋久満』にぴったりですね」

口に入れると、なんとも言えず爽やかな甘みが口いっぱいに広がる。

大げさかもしれないが、圭子さんの覚悟というか、決意のようなものが感じられて、胸に熱いものがこみ上げてくる。

「切腹するときも白無垢や」

ケチをつけないとおさまらない性格というのは、一生直らないのだろう。

〈しろむく〉がお腹におさまったころに撮影が始まった。音を立てたりして邪魔しないようにしなきゃと思うと緊張する。くしゃみしないか、お腹が鳴ったりしないか、咳込んだりしないか。身体中を引き締める。

珍しく鬼塚も緊張しているようで、ふたつほど小さな咳ばらいをして、座りなおした。

カメラは二台あって、一台は肩にかつぐ大きなもので、もう一台は家庭用みたいなハンディカメラだ。之子さんと次郎さんは胸元に小さなマイクを付けているが、それ以外にも、大きなとうもろこしくらいのマイクが細長い棒の先に付いていて、それがふたりの上を行ったり来たりしている。

本条さんは隅っこの席に置かれたモニターを見ながら、あれこれと指示を出している。座敷にもモニターがあれば愉しいのだが、それは贅沢というものだろう。

大きなカメラの真横に立っているのがインタビュアーらしい。けっこう年輩の男性だ。この人が問いかけて之子さんが答えるというやり取りがしばらく続く。

生まれ、生い立ちなど無難な質問から始まるのは、インタビューに慣れさせるためなのか。最初は硬かった之子さんの表情が少しずつほぐれてゆく。

カメラはずっと回しっぱなしで、ふたりのやり取りは途切れることなく続いた。

「ひと息入れましょうか」

之子さんの声が少し嗄れ気味になったのを感じたのか、本条さんが声をかけた。之子さんは肩をストンと落として、大きな息をついた。

「すんまへんなぁ、あんじょう答えられんと」

之子さんが本条さんに向かって頭を下げた。

「いえいえ、とてもいい感じですよ。後半もこのペースでいきましょう」

細かなところまでは聞き取れないが、インタビューはスムーズに運んでいるようだ。

時間調整のためか、ここで休憩に入った。

さすがの鬼塚も静かにしている。おとなしく見ているのかと思ったら、いつのまにかすやすやと寝息を立てている。失礼な男だと思うが、いびきをかかないだけましだと思ったほうがいいのかもしれない。

「どうです？　順調に進んでますか？」

首から身分証を下げて、寛子さんが座敷席に上がってきた。

「みたいですよ。テレビの撮影なんて初めてなので、よく分かりませんけど」

「そうよねぇ。今は機械もたくさんあるし何がなんだか。昔はのんびりしたものだったわ」

寛子さんがわたしの横に座り込んだ。

「昔は、とおっしゃいましたが、以前はテレビ関係のお仕事をなさっていたんですか」

「いいえ。主人がしょっちゅうテレビに出ていたので、よく付き合わされましたのよ。遠い昔の話ですけどね」

　寛子さんはちょっと険しい顔をした。

　寛子さんのご主人は、しょっちゅうテレビに出るような有名人だったのか。どんな名前でどういう仕事をしているのか、訊きたい気もするが、寛子さんの顔つきはそれを拒んでいるふうにも見える。それに今はそれどころではない。

　迷っているうちに休憩が終わってしまった。鬼塚は相変わらずすやすやと気持ちよさそうに眠っている。

「次はうどん作りの工程を撮らせていただきます。手元アップがメインになります。二カメさんよろしく」

　ディレクターの指示でハンディカメラを持ったカメラマンがカウンターの中に入る。ヘッドホンを耳に当てたスタッフがグレーのマイクを厨房に向ける。

　こうしてテレビの番組は作られているのか。きっと長い時間をかけて撮影しても、実際に放送されるのは、そのうちのわずかだろう。

　おうどんを作る場面では、之子さんの言葉は入らないようで、無言のままで調理している。そしてインタビューのときと違って、頻繁にカットが入る。細切れにした映像をつないでゆくのだろう。

「盛り付ける直前で手を止めてください。最後の盛り付けは後でお願いします」

本条さんの指示を受けて、大勢のスタッフが移動を始めた。

「カウンターの前は広く空けておいてください。それからコードが引っかからないように、隅にまとめてください」

ディレクターが大きな声を上げた。

何が始まるのか。スタッフの動きがこれまで以上に慌ただしい。

「お話ししていたように、これからゲストの方にお入りいただき、うどんを試食していただきます。自由に感想を言ってくださいとゲストの方には伝えてありますので、厳しいコメントになるかもしれませんが、ありのままを撮影したいと思っています。僕らとしては途中で止めたくないのですが、どうしても、というときは止めますので声をかけてください」

本条さんが之子さんの傍で丁寧に言った。

「どなたがお越しになるのか分かりまへんけど、覚悟はできてます。どんなに厳しいお言葉でもお受けするつもりです」

之子さんが唇をまっすぐに結んだ。

「誰が来るんでしょうね」

寛子さんがわたしの耳元でささやいた。

「きっと料理評論家とか、プロの人を呼んであるんでしょう」

「どうぞイケズな人が来ませんように」

寛子さんが手を合わせて念仏を唱えた。

これまでテレビを見てきた経験からいうと、こういう場合はふた通りのケースがある。ひとつは大絶賛させ、めでたしめでたしとなるパターン。もうひとつは厳しい評価を下され、之子さんがうちひしがれながらも再起を期す、というパターン。

さっきの本条さんの口ぶりからすれば、後のほうになりそうな気がする。そうか。星山だ。天敵ともいえる星山をぶつけてくるのだ。そうなると之子さんの悔しさは半端なものではない。父親の仇を討つどころか返り討ちに遭ってしまう。でも、そのほうが視聴者の同情を買うだろうし、視聴率も上がるに違いない。本当にテレビは非情だ。

「まさか星山みたいな人を連れてきたりはしないでしょうね」

寛子さんも同じようなことを考えているようだ。

鬼塚の意見も聞いてみたいが、壁にもたれかかって、大きな口を開けて眠りこけている。まったく起きる気配はない。この男はいったい何をしに来たのか。

之子さんには知らせていないとしても、次郎さんは誰がゲストなのか知っているのではないだろうか。だとすれば、星山のような人物をゲストにすることは許さないはずだ。しかし、ヨイショ系のコメンテーターに絶賛させてしまうと、やらせっぽくなる。どっちに転んでも、之子さんにとって、そして『麺屋倉之介』にとって、いい結果を生まないような気がする。結局はテレビ局にいいようにもてあそばれてしまうんじゃないか。よかれと思ってやったことが悪い結果に終わってしまうことは、世の中にいくらでもある。父から何度そう聞かされたことか。

次郎さんが撮影の間中ずっと伏し目がちだったのは、そのことをある程度予測していたからかもしれない。こうなると居並ぶスタッフたちがみんな悪人に見えてきた。と言っても、すべてわたしの推測なのだけど。

「ゲスト入り五分前です」

ストップウォッチを手にした若い女性スタッフが大きな声を上げた。

「はい。五分前。じゃ、そろそろ之子さんはうどんを茹でてもらえますか。茹で上がる寸前にゲストの方にお入りいただきますので」

ディレクターの指示で、之子さんは鍋の火を強めた。

「器が役に立てばいいんだけどね」

寛子さんが心配そうにカウンターを覗き込んだ。

「とてもよく合ってましたよ。染付の藍色に真っ白いおうどんが映えて」

「それならいいんだけど、冷たいおうどんにはざるのほうがよかったんじゃないかと思ったりするんです。水切りもいいでしょうし」

「お蕎麦との違いを強調する意味でも、ざるじゃないほうがいいと思いますよ」

わたしの物言いは、だんだん京都人らしくなってきたような気がする。

「まもなくゲストの方、入られます。通路確保よろしく」

大きなカメラが玄関に向けられ、ハンディカメラのほうは之子さんのほうを向いている。

「照明、足元照らして。マイクはもっと上に上げて」

息をするのを忘れるくらいに緊張感が高まる。

「十秒前。はい、カメラ回りました」

若い女性スタッフが指を折りながらカウントダウンする。

「五秒前、四秒前、三、二、一」

ガラガラと引き戸がゆっくり開いた。いったい誰が入ってくるのだろう。玄関に向けて思いきり首を伸ばした。

店に入ってきたのが車いすだったのは想定外だった。敷居をまたいで、カウンターの中の之子さんと向き合ったところで車いすが止まった。

ハンディカメラを向けられた之子さんは、身じろぎもせず、まっすぐに車いすを見つめている。驚きのあまりか、一瞬見開いたように見えた瞳は、少しずつ丸くなっていった。

車いすに座っているのは年配の男性で、後ろで押しているのは年配の女性。ふたりとも緊張した面持ちで、之子さんにまなざしを向けている。

スタッフはもちろん、之子さんも次郎さんも押し黙ったままだ。我に返ったように、之子さんは鍋からおうどんをすくい、氷水の入ったボウルに入れた。息苦しいまでの沈黙の中で、おうどんを水洗いする音だけが店の中に響く。

指でからめとったおうどんを、きれいにまとめ、円を描くようにして皿に盛り付ける。なんともみずみずしいおうどんだ。

年配の女性とスタッフに両脇を抱えられ、年配の男性はゆっくりとカウンター椅子に座った。

「どうぞ召し上がっとうくれやす」

之子さんの言葉に黙ってうなずく男性。男性の目には涙がたまっている。

やっと分かった。この男性は、之子さんのお父さんの之人さんなのだ。わたしはなんて鈍いんだろう。これくらいは予想できたはずだ。そう思って寛子さんの横顔を見たが、きっとわたしと同じなのだろう。ぽかんと口を開けたままだ。

「之子が打ったうどんなんやで」

女性が、之人さんの耳元で大きな声を上げると、之人さんは何度もうなずいた。この女性はきっと文子さんなのだ。

文子さんは、三本ほどのおうどんを箸ですくい、之人さんの口元へ近づけた。そうか、之人さんは手も不自由なのか。ゆっくりと口を開け、舌を出して上手におうどんを口の中に吸い込んだ。顎を大きく上げ下げし、その度にうなずいているのは満足しているという印なのだろう。

見る見る之子さんの目に涙がたまってきた。わたしだって同じだ。こみ上げてくるものを止められない。わたしだけじゃない。之子さんの傍らに立つ次郎さんに至っては、こぶしで何度も涙を拭っている。

まさにテレビ的な演出なのだが、素直に感動してしまう。きっとそこに、うそがないからだろう。之子さんはきっとこのことを知らされていなかった。まさかお父さんの之人さんが試食人だなんて、思ってもみなかったに違いない。わたしはそう信じたい。

病気のせいなのか、それとも感極まったからなのか、何か言いたそうなのだが、之人さんは言葉を発することができない。之子さんはその口元をじっと見つめている。

「何が言いたいんや？」

文子さんが之人さんの口元に耳を近づけた。

ハンディカメラはふたりにレンズを向ける。

之人さんは口を開け閉めして、声を出しているが、座敷からでは何を言っているのか、よく聞き取れない。でも、之子さんは何度もうなずいている。何を言っているのだろう。

「美味しい。ようでけたうどんや、て言うてはる」

文子さんが通訳すると、之子さんのほほを涙が伝った。

きっとこういう展開になるだろうと思っていたが、それでも目の当たりにすると、涙腺がゆるみきってしまう。次郎さんから聞いていた話と重ね合わせると誰が泣かずにおられようか。さすがの鬼塚も、きっと鬼の目に涙だろうと思ったが、目覚める気配すらない。

之人さんは、声をふりしぼって何か言葉を発した。

「なんにも手伝えんとすまんなぁ、て」

文子さんが通訳すると、之子さんは左右に激しくかぶりを振った。

「ええねん、ええねん。お父ちゃんは生きててくれたら、それだけでええんよ。生きててさえくれたら」

之子さんはテレビの撮影中だということを忘れているかのように、之人さんの手を握って涙を流している。

本条さんも他のスタッフも、ふたりの姿にじっと見入っていて、何も指示を出さず、あるがままを撮影している。スタッフの中には目を潤ませている女性もいる。なんだ。本当はみんないい人だったんだ。人間不信はよくない。

そう。親はいつまでも生きていてくれさえすればいいんだ。何もしてくれなくても、ただそこにいてくれるだけで、どれほど心強いか。何度も何度もわたしはそう思ってきた。之子さんの気持ち、之人さんの気持ち、どっちも尊い。涙があふれて止まらない。感動の時間は五分ほども続いただろうか。

「泣くほど旨いうどんを、わしには食わせんのか」

みんなが感動しているのに、この男には食欲しかないらしい。

鬼塚の大きな声は撮影の邪魔になったようで、ディレクターはカメラを止めた。

「ざっくりオーケーです。テープチェックが終わるまで休憩に入ります」

まさに、鬼塚が水を差したというわけだ。目を覚まさせるために、頭から冷水をぶっかけてやりたい気分だ。

「撮影が無事に終わってよかったやないか」

鬼塚が座敷の真ん中で立ち上がって伸びをした。

無事も何も、さっきのあんたの言葉で台無しになったじゃないか、という気持ちはスタッフ全員共通のものだろう。

之子さんの両親は、テレビの撮影だということをすっかり忘れているようで、それは之子さんも似たようなものだ。撮影が始まるころこそメークも整っていたけど、今はマスカラもはげ落ち、ほほには墨の流れたような跡もあって、見る影もない。このまま放送されるのもかわいそうな気がする。

「ざっくりオーケーです。ありがとうございます。お疲れさまでした」

撮影したテープを確認して、本条さんが言った。これで終わりということなのだろう。

ホッとした空気が店の中に伝わっていった。

「オールオーケーですか？」

ディレクターが本条さんに訊いた。

「とりあえず倉田さんにはお帰りいただいたほうがいいだろう。ドクターには短時間なら、という許可しかもらってないから。後は赤垣さんのコメントなんだけど、それは日を改めてもいいよ」

「了解です。赤垣さんは別日の収録でオーケーもらってますから」

「納品までは時間があるからな」

しごく事務的な会話が聞こえてきた。

「あったかいうどんはないのか」

場の空気を読めない鬼塚が余計なことを言い出した。

「少し待ってもろたらご用意いたします」

之子さんが応じた。

「お父さんも食べたいて言うてはるえ」

すかさず文子さんが之子さんに言った。

「ぬくい出汁のないうどんてなもんに、なんの興味もない。京都のうどんは熱い出汁の中で泳いどらんとあかん」

鬼塚の言葉に反応した本条さんはディレクターと顔を見合わせ、撮影再開を指示した。片づけを始めようとしていたスタッフたちは、また元の持ち場に戻った。

と、ちょうどそのときだった。之人さんが興奮したような口調で、何ごとか之子さんに訴えかけた。

それを理解できたのか、できなかったのかは分からない。ただ、之子さんがその言葉にすぐ反応して、出汁の入った鍋に火を点けたことは間違いない。

そういえば、わたしもまだ『麺屋倉之介』のあたたかいおうどんを食べていない。食べてみたいと思っていたけど、言い出せなかった。こういうときの的の射方は鬼塚ならではだな、とも思う。

想定外の展開に素早く反応する本条さんもさすがだが、之人さんが何を言いたいのかが一番気になる。それはおそらく本条さんも同じなのだろう。これまで以上に、綿密にカメラの位置やマイクの向きを事細かに指示している。

「お父さん、もう少しお願いしてもいいですか。辛くなったら言ってくださいね。いつでもお帰りいただけるように、表に車を待たせてありますから」

屈み込んで本条さんが言うと、之人さんは何度も力強くうなずいた。

「十分後に再開します。台本にはありませんが、ゲストの方にかけうどんを食べていただきます。カメラ、マイク、位置確認よろしく」

十分か。とりあえず大家として、ご両親に挨拶しておこう。

「大家をしております、若宮摩利です。この度は開店おめでとうございます」

車いすの傍に屈み込んだ。

「ありがとうございます。なんせ素人でっさかい、迷惑かけると思いまっけど、よろしゅうたのんます」

文子さんが丁寧に頭を下げてくれ、之人さんもわたしに向かって両手を合わせている。北山で見かけたうどん屋さんの佇まいを思いだし、また泣きそうになった。

之人さんは顎を上げ下げし、之子さんに何ごとかを訴えている。だが、之子さんには通じているのかどうか、その表情からはよく分からない。うなずいているかと思えば、首をかしげて不安そうな目を之人さんに向ける。之人さんも首を横に振ったり、大きくうなずいたりを繰り返している。

あっという間に十分が過ぎ、きっと歯がゆいのだろう、眉が何度もつり上がる。

「茹でるところから始めてもいいですか」

之子さんが本条さんに言った。『贋作』の中にまた緊張感がみなぎり始めた。

「おまかせします」

「ありがとうございます」

之子さんが頭を下げると、之人さんがうんうんとうなずいた。

冷たいのとあたたかいのと、同じうどんなのだから、うどんのお出汁をかけるところからでもいいのに、之子さんには何か考えがあってのことなのだろう。之人さんが反応したということは、さっきのやり取りと関係があるのかもしれない。

テレビ撮影に慣れてきたのか、之子さんの手際がさっきよりよくなったように見える。お鍋にぱらりと入れたおうどんの量は、さっきより少なく感じる。

さっきと違うことがもうひとつ。小さな鍋でお出汁をあたためている。京都のおうどん屋さんの前を通ると必ずこの匂いが漂ってくる。お腹が鳴って、慌てて押さえる。

茹でたおうどんを丁寧に水洗いする。ここまでは同じ。もうひとつ小さな鍋をコンロに載せて火を点けた。何をするのだろう。

どうやらお出汁があたたまったようだ。火を止めてから、網ざるに入ったおうどんを小鍋に入れた。分かった。おうどんをあたためているのだ。ほんの数秒ほどお湯につけて湯切りしたおうどんを染付の鉢に入れ、上からお出汁をかける。ごくり。生唾を呑み込む大きな音を立てたのは鬼塚だ。

之人さんの前に鉢が置かれる。湯気に顔を近づけて匂いを嗅いでいるようだ。

しっかりとうなずいた後、なんと之人さんは箸を取った。危なっかしい手つきだが、なんとか箸を持ち、おうどんに手を伸ばした。之子さんはもちろん、誰もがその様子を固唾(かたず)を呑んで見守っている。

二本ほどのおうどんをすくった之人さんは、口を近づけて息を吹きかける。三度ほど繰り返してから舌を伸ばし、ゆっくりだが、さっきと同じように口の中に吸い込んだ。

「う、うまい」

之人さんの言葉は、誰にでもはっきりと聞き取れるものだった。また之子さんの目から涙があふれた。

奇跡が起こったのだ。自分でお箸を持って、食べて、そして言葉を発する。これはきっと後に、〈奇跡のこしぬけうどん〉と呼ばれ、長く語り継がれるに違いない。かどうかは分からないが、わたしの目の前で奇跡が起こったことは間違いない。みんな驚いている。

パチパチパチ。鬼塚が拍手をし、その輪はすぐに広がった。こんな粋なことをできる男だと思わなかった。まさにテレビそのものの世界が目の前で繰り広げられている。もしもわたしがテレビの番組でこんなシーンを見たら、きっとやらせだと思うだろう。それほどに稀なことが起こったのだ。

拍手が鳴りやんだのをたしかめて、本条さんがカメラを止めた。

「ありがとうございます。お疲れになったでしょう。でも、よかった。本当によかった」

之人さんの手を取る本条さんの目は真っ赤だ。

「この人がお箸持ったり、しゃべるやなんて信じられまへんわ」

文子さんが興奮冷めやらぬように赤い顔で言った。

「よかったなぁ、お父ちゃん。早ぅ元気になってや」

之人さんの手を、之子さんがしっかりと両手で包み込んだ。

「うどんはまだか」

無粋なことに、鬼塚がまた水を差した。

車いすに乗った之人さんは、文子さんに押されて名残惜（なごり）しそうにしながら『贋作』を後にした。

次郎さんの手伝いもあって、之子さんのおうどん作りはスムーズに進んだ。

カウンターの上にはいくつもの鉢が並べられ、それらはスタッフにもふるまわれるようだ。無論、口うるさい鬼塚には真っ先にあたたかいおうどんが配られた。

「思うたよりまともなうどんや。麺も出汁も悪ぅない」

それを聞いて、之子さんはホッとしたように肩の力を抜いた。

片づけをしながらおうどんを食べたスタッフから、美味しい、旨い、の声が上がり、その度に之子さんは頭を下げる。

「摩利さんも早ぅ食べとくれやす」

之子さんが座敷まで持ってきてくれたからには遠慮は要らない。寛子さんとふたりで、あたたかいおうどんを食べた。

どう表現すればいいのだろう。おうどんは冷たいのより、少しやわらかいように感じる。でもやっぱり完璧なこしぬけではなく、コシが抜けそうで抜けない感じ。そして何よりの特徴はお出汁の味をしっかり吸い込んでいること。雑炊のご飯みたいな、という表現で合っているだろうか。

「美味しいおうどんですね。以前いただいたときより美味しくなっています」

寛子さんが言った。

「鉢の大きさも厚みも、そして絵柄もおうどんにぴったりですね」

自分でも感心するくらいに、京都人ふうの言葉が口をついて出た。

「おい。弟はどうした。お姉さんのこんな晴れ舞台になんで顔を出さんのや」

カウンターに鉢を置いて、鬼塚が険しい顔つきで之子さんに迫った。

居眠りの後はおうどんを要求し、それはまぁいいとしても、急に弟のことを言い出す鬼塚はいったい何を考えているのだ。之啓くんがいないからといって、それがどうしたというのだろう。

「学校がありますさかいに今日は……」

之子さんが困惑したような顔で答えた。

「逃げても無駄やと伝えておけ。早いこと出頭したほうが身のためやぞ」

そう言って鬼塚が身分証をスタッフに返した。

「逃げる、てなんですの。之啓は逃げんならんようなことしてしません」

之子さんが血相を変えた。

たしかにそうだ。ここに来ていないからといって、なぜ之啓くんが逃げたことになるのだ。

「あんたは知らんやろうが、倉田之啓にはある事件の嫌疑がかかっとるんや」

鬼塚の言葉に、之子さんは驚きのあまりか、声を出せずにいる。わたしも同じだ。いきなり、事件なんて言葉を使われてもまるで実感が湧かない。あまりにも唐突過ぎる話ではないか。

「事件の嫌疑って、どういうことです？　之啓くんはそんな子じゃありませんよ」

寛子さんが色をなした。当然のことだろう。

「素人が余計な口を出すもんやない。早ぅ出頭せんとややこしいことになる。そう言うたら本人には分かるはずや」

捨て台詞を残して鬼塚が『贋作』を出て行った。

あまりの急展開に誰もが言葉を失くしている。番組のスタッフは片づけが忙しくてそれどころではないだろうが、之子さんをはじめ、関係者の胸のうちは穏やかではない。あの之啓くんが犯罪に関わっているなんて信じられないが、鬼塚の口調から察すると、どうやら間違いではなさそうだ。

奇跡のこしぬけうどんは、めでたしめでたしで終わらず、思いもかけないどんでん返しが待っていることを、この場にいる誰もがまだ知らずにいた。

第四話

哀しき茶碗

1.

台風がやってくる度に、少しずつ秋は深まってゆく。京都を直撃することは滅多にないと聞かされてはいるが、それでも台風情報の進路予想図を見て、不安を感じた。

ホーチミンに住んでいたとき、台風が来ることはほとんどなかった。二十年ほど前に〈ツイン台風〉というのがやってきた記憶があるけど、普段の暮らしの中で台風を気にすることは滅多にない。

日本にたくさん台風がやってくるというのは、知識としては持っていたけど、こうして日々、ニュースで台風情報を目にするとやはり驚いてしまう。夏の終わりから秋の中ごろまで、毎週のように天気予報では台風の話が出てくる。太平洋で発生して、沖縄のほうから九州へ向かってくるのがほとんどで、ときどき日本列島を縦断したりする。

今週末にも近畿地方に台風十九号がやってくると夕刊に書いてあった。おそらく京都には来ないだろうけど、念のために大工の留(とめ)さんに点検を頼んでおいた。

留さんは〈四番〉に住んでいて、『ジャスミン荘』のことは隅から隅まで知り尽くしている大工の棟梁だ。何しろ六十年前に改築したときから、ずっとこの長屋を見てきたというのだから。

「留さんが見てくれたから安心ですね」

　少々傷みがきている『贋作』の中を見回した。

「なんで留さんが？」

「だって台風が来るかもしれないじゃないですか」

「台風ですか」

「来るみたいですよ」

「五年ほど前やったかなぁ。こっち側の棟の屋根瓦が落ちたことがあったんですわ。そのときの留さんの悔しそうな顔は今でも忘れまへん。前の日に点検しはったんやが、そこだけは見逃してしもたらしい。留さんらしい話でっしゃろ」

　次郎さんが笑った。

　わたしが大家になって、初めて留さんに会ったときのことを思いだした。

　はっぴ姿の留さんは、ちゃぶ台の前でずっと正座して、家の手入れ法を教えてくれた。風の通し方、雨が降った後の手入れ。日本に来て初めて会った職人さんが留さんだった。

〈一番〉に住むことになったとき、わたしが暮らしやすいようにと、改造してくれたのは当然ながら留さんで、その手際のよさと的確な仕事ぶりに舌を巻いた。わたしの希望はほぼすべて叶えてくれた。水回りの改善から、床暖房、障子の張替えまで、八十歳を超えた留さんがひとりですべてやってしまう。それもびっくりするほど短期間にだ。床板の張替えなんかは、朝、家を出て夕方に帰ってきたら、もうでき上がっていた。まるで魔法だと思った。

そんな留さんにとって、唯一ともいえる悩みの種がお弟子さんだ。大工職人というのはきつい仕事だから、たまにお弟子さんが入ってもすぐに辞めてしまうのだそうだ。建築に興味があっても、実際の現場仕事よりデザインのほうに興味が向いてしまうのが今どきの若者だと、いつも留さんは嘆いている。

日本ではアーティストよりも、職人と呼ぶほうが喜ばれる。父はよくそう言っていたが、その典型が留さんだ。本人は特別な技能など何ひとつ持ち合わせていないと言うけど、とんでもない話だ。これが特別でなければ、何を特別と言うのだろう。

「同じ職人どうし、留さんとは気が合うんじゃないですか？」

「いうても仕事の内容はぜんぜん違いますしな」

そんなことを言ってるんじゃないんだけど。

「お酒はどないです？」

次郎さんがおかしな訊き方をする。

「どないです、って？　いつもと同じですけど」

「足りてるかどうか、を……」

次郎さんが語尾を曖昧にしたのは、わたしの手元にあるグラスに、まだたっぷりとお酒が残っているのを見たからだ。

いつもならドンピシャのタイミングでお代わりを奨めてくるのに、今日はどうしたことだろう。

こういうときは〈心ここにあらず〉と言うのだったか。いや、違っているかもしれない。

「なんぞ作りまひょか」

「焼魚は何があります？」

「鶏の手羽先なんかどうです？」

「鶏じゃなくてお魚がいいんですけど」

「魚やったら鮎がありますわ。煮付けにしまひょか」

「焼いてもらえます？」

最初から焼魚だと言ってるのに。

大ぶりの鮎に次郎さんが金串を打った。塩焼きにするなら小ぶりのほうが好みなのだが、時期的にしかたがないのだろう。

それはそれとして、わたしと次郎さんの会話がちぐはぐなのは、あの問題を避けて通っているからに違いない。そう。之啓くんのこと。お互いにそのことはよく分かっているのだけど、どっちがどういう形で切り出せばいいのか、迷っているといったところだ。

このままだと、気まずい空気が流れたままになる。この際わたしから振るしかない。

「でも之啓くん、軽い注意処分で済んでよかったですね」

迷ったあげくの言葉は素直なものになった。

「ほんまに。ありがたいことです」

大葉を刻みながら、ホッとしたように次郎さんが顔を上げた。

――その言葉を待ってました――

口に出さなくても、次郎さんの顔に、そう書いてある。

――之子さんの援護射撃をしようと思った――

警察の事情聴取に之啓くんはそう答えたらしい。その気持ちは分かるのだけど、ライバル店の誹謗中傷はいけない。SNSを使って『京麺しづか』のあることないことを書き散らし、店から威力業務妨害の被害届が出されたことも知らず、之啓くんは店の悪口雑言を発信し続けた。

警察のサイバー班の手にかかれば、発信元を特定するのはいともたやすいことらしい。すぐに倉田之啓が容疑者として浮かんだのだそうだ。

「京都のグルメブロガーの間では、ちょっとした話題になってましたんや。『京麺しづか』がボロクソに書かれとると言うて。わしも覗いてみましたんやが、そらまぁ、こんな書き方したら訴えられてもしゃあない、てなひどいもんでした。なんとのう気になったんで、冗談交じりに之啓くんに訊いたんですわ。まさかきみが書いたんやないやろな、て」

次郎さんが包丁を置いた。

「で、彼はどう答えたんです？」

わたしもグラスをカウンターに置いた。

「そんなアホと違います、て笑うとりました。今から思うたら、そんな書き込みをするようなアホと違う、やのうて、発信元がバレるようなアホと違う、という意味やったんかもしれまへん。何にしても正真正銘のアホですわ」

次郎さんが吐き捨てるように言った。

次郎さんの言うとおりだ。奇跡のようなできごともあり、『麺屋倉之介』は順風満帆のスタートを切れるはずだったのに。

「未成年の初犯で、本人も反省しとるということで注意処分だけでしたし、マスコミが報道を控えてくれたさかい、この程度で済みましたけど、ひとつ間違うたらえらいことになるとこでした」

本当にそうだ。ネットの一部で噂になったくらいで、之子さんの店に瑕がつくようなことにはならず、訪れるお客さんの数は順調過ぎるくらいだ。

鮎に脂がのっているせいか、時折上る白い煙で顔が隠れる。金串を打った鮎を火にかざしながら、次郎さんが煙たそうに眉を歪める。

「鮎は夏だけのものだと思っていました」

ベトナムの日本料理店でも鮎の塩焼きはメニューに載っていたが、夏だけのものだったように思う。とは言え、ベトナムは年中夏みたいなものだけど。

落ち鮎という言葉は知っていても、実際に食べたことはない。

「鮎は初夏から秋口まで、美味しい食べられます」

次郎さんが金串を裏返した。

気が付くとグラスが空になっていた。

「同じのんでよろしいか」

次郎さんが顔だけをわたしに向けた。

「はい。今度はダブルにしてください」

「だんだん手が上がってきますなぁ」

次郎さんが顔の右半分で笑った。

このひと月ほど、ずっと同じお酒ばかり飲んでいる。『月の桂』という酒蔵の〈琥珀光〉。これを少しだけ冷やしてもらって、大ぶりのグラスで飲むのがマイブームだ。わたしは、気に入ると毎日同じものを飲んだり、それればかり食べたりする、ヘンなクセが昔からある。夏の暑い間は同じ『月の桂』の〈稼ぎ頭〉という発泡酒ばかり飲んでいた。これはキンキンに冷やしてもらう。ブルーのボトルから赤い切子のグラスに注いでもらって飲むのが、真夏のお気に入りだった。

次郎さんが〈琥珀光〉をなみなみと注いだ片口をカウンターに置いた。

「之子さんのほうは大丈夫なんですか？」

体調を崩したとかで、次の日曜日まで『麺屋倉之介』は臨時休業すると伝言板の〈九番〉に書いてあった。

「毎日が戦争みたいなもんでしたさかいに、疲れがたまっとったんでしょう。本人はやる気充分なんですが、ドクターストップがかかりましてな」

次郎さんは焼き上がった鮎を串から外して、染付の皿に盛っている。

身体もだけど、精神的にも相当まいっているのじゃないだろうか。之人さんの病気のこともあるし、老老介護で苦労している文子さんのことも気がかりだろう。そこへもってきて之啓くんの問題。身体は休めばよくなるけど、精神的な苦痛はそう簡単に癒えない。人生経験の乏しいわたしだって身を以て実感している。

「家族って不思議ですね。助けになることももちろんあるけど、それが負担になることもある」

思ったままを口にした。

「兄貴には苦労させられますわ」

次郎さんが苦笑いしたのは本音なのか、それとも冗談半分なのか。

「よく分からない人ですね」

また思ったままを言ったが、次郎さんは、それには反応しなかった。

「之啓くんのことも、本人はよかれと思うてやってるだけに、之子はんもどう向き合うたらええのか、難しいとこですやろな。迷惑をかけたとこには、とにかく謝るしかないと言うて、警察でも『京麺しづか』でも頭を下げっぱなしでしたわ。余計なことしてくれたと之啓くんを責めるのも酷なことやし。ショックを与えたらあかんということで、之人さんには内緒にしてあるんで、之子はんがひとりで背負うてしまうことになった。そこへもってきて、あんだけようけのお客さんですやろ。疲れんほうがおかしいですわ」

次郎さんは鮎の焼き加減が気に入らなかったらしく、もう一度炭火の上に載せた。

「あれだけお客さんが来たら、そりゃあ疲れるでしょう。でも、お客さんのほうもよく辛抱しますね。一時間待ちなんか当たり前だったんでしょ？」

まだテレビ放送はされていないというのに、『麺屋倉之介』の人気はすさまじい。おそらくはネットの影響だろうと思うが、うどんオタクとでも呼びたくなるようなお客さんが押し寄せてくる。

「ありがたいことですけど、ちょっと考えんとあきまへんな。ご近所にも相当迷惑かけてるみたいですし」

そう。かなり、近隣からの苦情が来ているのだ。松原通に自転車を置いて並ぶ客はたくさんいるし、たばこの吸い殻だとかのゴミも散乱している。美味しいもの好きにマナーの悪い客はいない、というのはうそっぱちもいいところだ。路地を珍しがるのはしかたがないけど、勝手に覗き込んだり、入り込んだりする人が少なくないのには驚いた。一番困るのは写真だ。勝手に玄関を開けて中の写真を撮るなんて、常識では考えられないことを平気でする。注意すると逆ギレするのは、たいてい、いい歳をしたオジサンたちだ。

「早いことどうにかせんならん、と思うてます。之子はんも頭を痛めてますわ」

次郎さんが黒塗の折敷（おしき）に、二匹の鮎が載った皿を置いた。

ふっくらとふくらんだ鮎のお腹から子がはみ出ている。

「落ち鮎の季節になりました。蓼酢（たです）と抹茶塩の両方で食べてみてください」

人間で言えば妊婦になるのか。そう思えばとっても残酷なことをしているようだが、この芳ばしい香りの誘惑には勝てない。抹茶塩をパラパラとふりかけて口に運んだ。

うーん。この味をどう表現したらいいのか。ねっとりと旨みがのって、ちょっと苦くて、爽やかな後口で。お酒がまたよく合う。日本に来てよかった、とつくづく思うのはこんなときだ。

——落ち鮎の　身をまかせたる　流れかな——

正岡子規の句を引用して、日本の鮎は季節によって味が変わる。なんて偉そうにベトナムで講義していたけど、今ようやくその本当の意味が分かった。まさに百聞は一見に如（し）かず、で合っているのかな。

「人の好みはいろいろですけど、歳とってくると、稚鮎（ちあゆ）より落ち鮎のほうが旨いように思いますな」

ひと息ついて、次郎さんはビールを飲んでいる。わたしがご馳走した分だ。

『贋作』というのは、とっても不思議な店で、混み合う日と、空いている日がはっきりと分かれる。

他にお客さんがいない日は、必ずといっていいほど次郎さんは、

「一杯いただいていいですか」

とビールをリクエストしてくる。初めて言われたときは、ちょっと面食らったけど、今ではわたしのほうから訊くことにしている。今日もわたしから奨めた。

きっとそれは、主人と客ふたりだけの、息苦しいような時間の緩衝材とするためなのだろう。

日本らしい習慣だなと思う。ベトナムにいるときはカウンターで料理を食べることなどなかったし、料理人とこんな間近に向き合うことなどなかった。そもそもそんな形態の店があったのかどうか。

カウンターというのは結界と考えるべきか、それとも縁をつなぐ板なのか、まだよく分からない。

今日の客はずっとわたしひとり。こんな日は決まって飲み過ぎるので、気を付けないといけない。

「家族っちゅうもんは不思議なもんです。あのテレビ撮影のときのこと覚えてはりますか？」

次郎さんが訊いた。

「忘れるわけないですよ。あんなに感動したことは生まれて初めてかもしれません」

ちょっと大げさかもしれないけど、本当にそう思った。ドラマや映画ではなくて、その場に立ち会ったのだから。あの日のことを思いだすと今でも泣きそうになる。

「あったかいうどんを作る前に、之人さんが必死で何かを訴えてはりましたやろ?」

「ええ。之子さんに何かを伝えようとされてました。でもそれが之子さんに伝わったかどうか、までは分かりませんでした」

「後から之子はんに聞いた話ですけどな、あのとき之人はんは、うどんの茹で時間をアドバイスしてはったんやそうです」

「どうやって?」

「身振りと手振り、それと口の動きで分かったらしいんですわ。冷たいうどんのときより一分だけ短うせえ、と之人はんは言いたかったようで、ちゃんと伝わったみたいです」

「それも奇跡ですね。普通ならそんな微妙なことはジェスチャーだけで伝わりませんよ。よっぽど心の通い合った親子だからできることでしょう」

「おそらくそのときに、之人はんは必死で脳を使うてはったんやと思います。それでうどんを食べるとき、一時的にしゃべれたり、手が動いたりしたんやないか、とお医者さんが言うてはったそうです」

「不思議なことが起こるもんですね」

一時的に、という言葉が引っかかった。てっきりあのことで快方に向かうものと思い込んでいたが、世の中そううまくはいかないものなのだ。

「お兄さんは之子さんのおうどんを気に入ったみたいですね」

話の間が空くと、ついお酒に手が伸びてしまう。答えを期待せずに訊いた。

「忙しいしてるみたいで、しばらく会うてもいませんし、電話の一本もかかってきませんわ」

きっとそうだろうと思った。忙しいのは事実のようだけど、それは何も事件を解決するために走り回っているのではなく、和菓子屋めぐりに精を出しているからだと、ヒガシから聞いている。うるわしい兄弟愛に免じて、それは黙っておくことにしよう。

見た目と違って、鬼塚が下戸だというのは体質だからしかたないのだろうけど、甘党、それも和菓子専門というのは、どうにも似合わない気がする。和菓子といえばお茶が付きもの。茶道の心得があるような人間にはとても見えない。

正座して鬼塚が抹茶を飲んでいるところを想像して噴き出してしまった。

「どうかしはりました？　落ち鮎、旨いでっしゃろ？」

次郎さんの声で我に返った。

すぐには答えを出せなかった。

たしかに美味しいとは思うのだが、稚鮎のピチピチした、口の中で飛び跳ねるような清冽な旨みには敵わないような気がする。なんて偉そうな口をきけるほど鮎を食べていないんだけど。

「旨みの質が違いますけどな。若鮎の青い香りが好きな人には、落ち鮎みたいな熟した鮎は頼りないかもしれまへん」

「そうなんです。美味しいとは思うんですけど、わたしは夏の初めごろに食べた鮎のほうが好みかな」

次郎さんが助け舟を出してくれたおかげで、わたしは正直に答えることができた。

「女の人はたいがいそうみたいですな」

食べものの好みも男と女では違う。本当にそうなのかなぁ。

男女の差というより、育ってきた環境によって味の好みが違ってくるような気がする。そしてそれは突き詰めれば親の好みだ。親が美味しいというものを子どもも美味しいと思うようになる。もちろんDNAに刷り込まれているからかもしれないが、親が美味しいといっていたものを、一緒に食べて美味しいと感じる。その積み重ねによって味覚が形成されていくんじゃないだろうか。

もちろん子どもには苦手なものもある。たとえば青豆だとか、お豆腐なんかは子どもにとってご馳走でもなんでもなく、むしろ避けて通りたい食べものだ。でも、おとなになるとそれを好きになってくるのだから、味覚というものは不思議だ。

「やっぱり味覚は遺伝かもしれませんね」

「けど、体質っちゅうもんがありますんやで」

　わたしのつぶやきに次郎さんが反論した。

「うちは両親揃うて大酒飲みでしたんや。親父は福岡出身で、おふくろは高知の出で、毎晩ふたりで二升で足らんくらいでした。ところが兄貴はあんなんですやろ。不思議なもんでっせ」

　うちの両親は大酒飲みというほどではないけど、晩ごはんのときは必ずお酒がテーブルにあった。日本料理のときは決まって日本酒か焼酎で、それ以外はワイン。わたしの記憶に間違いがなければ、父と母のふたりでワイン一本というのが常のことだったと思う。それが酒量として多いのか少ないのかは分からない。今の自分と比べればずいぶん少ないような気もするけど。もしもわたしに兄弟がいたら下戸だったかもしれない。

「お代わりをお願いします」

　こんな姿を見て両親はどう思うだろうか。

「ダブルで?」

「もちろん」

「料理はどうです？　何か作りまひょか」

「何かお奨めはありますか」

「名残の鱧（はも）なんかどうです」

「いいですねぇ」

「湯引きか、お椀か、焼くか。フライてな変化球もできますけど」

「鱧のフライ。そんな手があったんだ。じゃあそれを」

　鱧のフライなんて、当然ながらベトナムでは食べたことがない。鱧といえば梅肉で食べる落としか、蒲焼のような焼き鱧くらいのものだ。それもかなり大味で、日本で食べる鱧とはまったく別の魚のようだった。しかも骨切りがちゃんとできていないから、小骨がさわって食べにくいことこの上ない魚だった。

　シャリッ、シャリッと包丁の音を立てて、次郎さんは鱧の骨切りをしている。脱サラ素人だと謙遜するけど、次郎さんも立派な職人だ。

　鱧の骨切りというのも知識だけだったので、京都に来て初めてその技を見たときは本当にびっくりした。一寸、つまり三センチほどの身に、二十数本の切り目を入れるのだというから、まさに神業だ。

フライだからソースで食べるのだろうか。鱧とソースは合わないような気がするのだけど。

次郎さんが鱧のフライをわたしの前に置いた。見た目にはチキンカツみたいだ。

「山椒醬油とウスターソースのどっちでも合うと思います。ソースは辛子を付けてもろたら美味しおす」

「山椒醬油？」

「春に採れた実山椒を醬油に漬け込んでます。万能調味料でっせ」

本当に京都の人は山椒好きだ。どんなにがんばってもベトナムでフレッシュな山椒を味わうことなどできやしない。

山椒醬油を付けてみた。揚げ立ての熱々は口の中ではらりと崩れた。鱧だというのに小骨などまるで感じないし、嚙むほどに旨みが舌に染み込んでいくようだ。

ふた切れ目は辛子を載せてウスターソースに浸して食べた。まるで別ものみたいに味が変わるけど、これも美味しい。ソースは合わないだろうと思っていたけど、意外なほど相性がいい。山椒醬油かウスターソース、どちらかひとつを選べと言われたら、ひと晩中悩みそうだ。

「こんばんは」

三切れ目を、どっちに付けようか迷っているときに、ガラガラと引き戸を開けて若い男性が入ってきた。

「おいでやす」

「お酒を飲めないのですが、いいですか？」

「どうぞどうぞ。下戸のお客さんも大歓迎でっせ。お好きな席にどうぞ」

次郎さんが笑顔を向けた。

男性は一瞬迷った後、わたしとふたつ離れた椅子に腰かけた。

「こんばんは。先日はどうも」

声をかけてきた男性は、よく見ると立原恵一さんだった。

「こんばんは。初めまして、じゃないですよね」

「僕のこと覚えています？」

「もちろんです。立って歩くの立つ。野原の原。恵む一つ。立原恵一さんでしょ」

「よく覚えてくれてましたね」

恵一さんがにっこりとほほ笑んだ。

「うちには初めてやけど、おふたりは知り合いやったんでっか？」

次郎さんが恵一さんにおしぼりを渡した。

「一度話したきりだから知り合いというほどではないんですよ」

恵一さんがおしぼりで手を拭った瞬間、身体の中を電流が駆けぬけた。

なんてきれいな指なんだろう。一見するときゃしゃだけど、指先の力強さは半端じゃない。

わたしがこれまで出会った男性の指ではベストワンだ。

「お茶は冷たいのか、あったかいのかどっちがよろしい？」

「冷たいお茶をください。それと何か適当にみつくろって。お腹が減ってるんです」

恵一さんがおしぼりを丁寧にたたむ仕草に見とれてしまった。

「たしか、寛子さんとこのお弟子さんでしたな。苦手なもんはおへんか」

「ええ、ときどきギャラリーで店番をしてます。好き嫌いはありません。なんでも美味しくいただきます」

この前会ったとき、前にどこかで会ったような気がすると思った理由が分かった。横顔を見て気付いたのだけど、わたしの初恋の人にそっくりなのだ。グエン・ヴァン・クオン。

八歳のとき同じクラスになってから、十六歳で彼が引っ越してしまうまで、わたしはクオンひと筋だった。もちろんまだ幼かったから、恋愛関係と呼べるほどではなかったし、ただ仲のいい友だちという感じだったけど。家も近いので、学校への行き帰りはいつも一緒だった。クオンといると、愉しくて家に帰るのを忘れてしまうほどだった。

「うどん屋さんは大忙しみたいですね」

恵一さんが話しかけたのは、わたしになのか、次郎さんになのか。ちょっと迷ったけど、軽い女だと思われたくないので、返事はしなかった。

「おかげさんで、て言うてもええのかどうか。ご近所さんにはえらい迷惑かけてますしな」

次郎さんがわたしのほうをちらっと見た。

「寛子先生は大喜びですよ。テレビや雑誌で次々に自分の器が紹介されると言って」

冷茶の入ったカットグラスを持つ手にまた見入ってしまった。

「もう充分有名やのに、そんなもんなんですかな」

次郎さんがまた鱧の骨切りを始めた。

「寛子先生は欲のない方だと、ずっと思っていたので意外でした」

恵一さんと初めて話したときにも、この話になると同じような顔をしていたことを思いだした。

寛子さんもまた、陶芸家という肩書を持つ職人だけど、もっと有名になりたいという欲を持っていたっていいじゃないかと思う。老いてますます盛ん、という言葉もあるんだし。

「鱧の柳川ふうです。お腹が減ってはったら、まずはぬくいもんでお腹をあっためてもらわんと」

次郎さんが恵一さんの前に置いたのは小さな鍋だ。藁（わら）の鍋敷きの上に、鍋焼きうどんの鍋に比べると、ひと回りほど小さな土鍋が置かれた。もうもうと湯気が上って、お出汁のいい薫りが漂ってくる。

「美味しそうですね。いただきます」

手を合わせてから、恵一さんがお箸を取った。

ごくり。わたしは生唾を呑み込んだ。食べたい気持ちは山々だけれど、大食い女だと思われたくないから我慢しよう。だってまだ鱧フライは三切れも残っているのだから。

「摩利さん、そのフライをここにひと切れ入れなはれ」

次郎さんが小さな鉢を差し出したので、言われるままにひと切れ入れた。すると次郎さんはすかさずその上から具と汁を掛けた。

「鱧フライの柳川。旨いと思いまっせ」

いやはやなんともこれは美味しそうだ。次郎さんならでは、の気の利かせ方に自然と笑みがこぼれてしまう。

ささがきゴボウを卵でとじた具と汁が鱧フライを覆う。カツ丼の具みたいだ。

「粉山椒はありますか？」

恵一さんが次郎さんに訊いた。

「うっかりしてましたわ。よう言うてくれはった。柳川に山椒は付きものですしな」

次郎さんが恵一さんに竹筒を渡した。

恵一さんは栓を外して、土鍋の上からぱらぱらとふりかけた。

「使います？」

栓を元に戻してから、竹筒をわたしに差し出した。

「はい」

受け取るときに恵一さんの指が、わたしの掌に触れた。

なんだろう、この胸のときめきは。顔が真っ赤になっているのが自分でも分かる。

この前会ったときは作務衣姿だったので、見過ごしていたのかもしれないけど、間違いなくイケメンなのだ。

切れ長の目、薄い唇、がっしりした肩幅、鼻筋がまっすぐ通った高い鼻。ヒガシとは対照的だ。

何よりもわたしの好みは幅広いのだということを今初めて知った。

わたしの初恋の男性に似ているという思いが、わたしの胸を昂らせている。

「とっても美味しかったです」

恵一さんが次郎さんに言った。あっという間に小鍋は空になっている。食べっぷりのよさはヒガシと同じだ。って何でも比べちゃいけないのだけど。

「若い人がガツガツ食べはるのは、見てて気持ちよろしいな」

次郎さんが何かを揚げている。さっきの鱧フライだろうか。

「すみません。下品な食べ方をしてしまって」

「いやいや、ものを食べるのに上品も下品もありません。美味しい食べてもらうのが一番ですわ」

次郎さんがお皿に載せているのは、どうやら唐揚げのようだ。

「いいお皿ですね」

目の前に置かれた料理よりも、先に器に目がいくのはさすが陶芸家だ。

「唐津焼ですけど、大したもんと違います。なんせうちは居酒屋ですさかいに」

寛子さんの器を使えないことに対する嫌味なのか、謙遜なのかは分からない。

「普段使いできる器が一番ですよ。唐揚げは大好物なんです」

しばらく器を眺めた後、恵一さんはお箸で唐揚げをつまみ上げた。

わたしも食べたいけど、大食い女だと思われたくないし、それに今夜はなんだか胸がいっぱいなのだ。

「立原さんはどちらのご出身です？」

次郎さんが訊いた。

「福岡です」

恵一さんが短く答えた。

まさに九州男児だ。きっと性格もまっすぐなのだろう。

山のような千切りキャベツの周りに大きな唐揚げが六個。それを次々と平らげてゆく姿はたしかに痛快だ。自分が作った料理をこんなふうに食べてくれたら、きっと奥さんもしあわせだろうな。

そうだ。そこをたしかめなくては。既婚なのか未婚なのか。とは言ってもいきなりそんなことを訊けるわけがない。遠回しに訊くにはどんな手があるのだろうか。

「熊本の赤鶏ですわ」

次郎さんの言葉に、わたしも恵一さんも背筋を伸ばした。

「まさか熊本で、あない大きな地震が起こるとは思うてもいませんでしたなぁ」

次郎さんがしみじみと言った。

「福岡から京都に来て三年になりますけど、福岡だけじゃなく、熊本にもたくさん友だちがいるので……」

恵一さんが顔を曇らせた。

ベトナムで地震が話題になることは滅多にない。もちろん日本や台湾で地震が起こったりすると、みんなが心配して募金活動に精を出すこともあるのだけれど、地震を身近な危機だと思っている人はほとんどいない。それだけに今年の熊本の地震には本当に驚いたし、心を痛めている。

「後はどうしましょう？　リクエストがあったら言うてください」

重苦しい空気を振り払うように次郎さんが恵一さんに訊いた。

「ラーメン、なんてあるわけないですよね」

恵一さんは照れたような顔で答えた。

「インスタントやったらできますけど」

次郎さんが袋入りの麺を見せた。

「『マルタイ』の棒ラーメンやなかとですか。それで充分ですたい」

思いがけず、恵一さんの口から博多弁が飛び出した。よほど嬉しかったのか。

わたしの場合は、どんなときでもベトナム語が口をついて出ることはない。先に日本語を覚えたからだろうと思う。

「スープはとんこつやのうて、京都ふうの醤油味でもよろしいか？」

「もちろんです」

『贋作』の幅広さには驚くばかりだ。ラーメンまであるとは、数か月通っていてもまったく知らなかった。食べてみたいと思うものの、乙女心が先に立つ。

「寛子さんに弟子入りする前にはどんな仕事をなさってたんですか」

少しでもヒントが欲しい。

「高校を卒業したときから、ずっと陶芸の道を歩いてきました。三年前までは別の師匠についていたんです」

「よっぽど器がお好きなんですな」

次郎さんが言葉を挟んだ。

「好きとか嫌いとかではなく、跡を継がないと、という思いでした」

「代々陶芸家なんですか？」

「ええ」

わたしの問いかけに答える恵一さんは、なんだか気が重そうなので、それ以上は訊かないことにした。なんとなく未婚っぽいと思うのは、希望的観測かも。

「福岡て言うたら、会社勤めやったころは、出張のときによう博多ラーメンを食べましたわ。若いときは替え玉までしてもろてねぇ」

懐かしそうな顔で、次郎さんが麺を茹でている。

「僕はどちらかと言えば、うどん派でした。向こうにいたときはラーメンなんて、と思っていたのが、こちらで暮らすようになると、ときどき無性に食べたくなるんです」

恵一さんは照れ笑いを浮かべた。

「そういうもんですやろな。ふるさとは遠きにありて思うもの、て言いますしな」

次郎さんがラーメンの入った大きめの鉢を恵一さんの前に置くと、なんとも言えずいい匂いが漂ってきた。

「いただきます」

鉢を両手で抱えて、恵一さんがスープを飲んだ。

「あっさり味にしときました。替え玉できまっせ」

次郎さんが笑った。

「やさしい味ですね。今はとんこつよりこっちのほうが好きです」

麺を食べるスピードも驚くほど速い。下戸の人って食べることに専念できるからなのかな。わたしも遅いほうではないけど、もう少しじっくり味わいながら食べる。ちゃんと嚙まなきゃだめよ、って言ってあげたい気もするのは、母性本能をくすぐられたせいだ。

「ギャラリーはいつ再開されるんですか」

気になっていたことを訊いてみた。

「窯出しが終わって整理しているところですから、二、三日のうちには開けられると思います」

恵一さんがスープを飲みほした。

「ぜんぶ売約済みてなことはありまへんやろな」

「そうはならないと思いますよ。寛子先生次第ですけど」

それより値段のほうが気になるのだけど、そんなことを訊けるような空気じゃない。

「立原さんの作品も並ぶんですか？」

「まだまだですよ。僕よりも五年以上も先輩の方が、ようやく自分の名前で売り出すくらいなので」

「職人さんの世界はどこも大変ですなぁ」

「この下積みがあってこそですからね」

「お腹はふくれましたかいな」

「いやぁ本当によく食べました。どれも美味しかったし、大満足です。こんなことならもっと早く来ればよかった」

本当にそうだ。もっと早くに会っていれば今ごろはいい関係になっていたかもしれないのに。

支払いを済ませて、恵一さんは素っ気なく帰っていった。次の店にご一緒しませんか、とか誘って欲しかったけど、飲まない人に二軒目はないのだろうな。

未婚か既婚かも訊けなかったし、少し物足りない気もする。なんだか取り残されたみたいなので、わたしも帰るとしよう。次郎さんも引き止めたりはしなかったから、今夜はこれ以上のお奨めはないのだろう。

『贋作』を出ると、青いお月さまが空に浮かんでいた。

2.

――月がとっても青いから　遠廻りして帰ろ――

母の愛唱歌だった。外食をして帰り道、お月さまが出ていると必ず母はこの歌を口ずさみ、父も一緒に歌うのだった。月が青くは見えなかったので、子どものころはヘンな歌だと思っていたが、日本に来てからは、ときどきお月さまが青く見えることがある。ベトナムとは空気が違うからだろうか。

まっすぐ帰るには惜しい夜だ。そんな気がしてきた。

そうだ。こんなときこそお店を開拓しなければ。滅多にやらないけど検索してみよう。まだ満腹にはほど遠いし。ふと、あれが浮かんだ。しばらく食べていない。この近くであれが食べられる店はあるのだろうか。食の口コミサイトに検索ワードを入れてみた。

地名、ショットバー、餃子（ギョーザ）。そんなワードを連ねてみて、まさかヒットするとは思ってもいなかった。それも『ジャスミン荘』から歩いて十分とかからない場所にある。

時折、無性に餃子が食べたくなる。ベトナムにも餃子を出す店は何軒もあったが、日本で食べる餃子はやっぱり美味しい。特に『餃子の王将』というチェーン店のそれは、やみつきになるほどだ。チェーン店といっても、お店によって少しずつ味が違う。わたしの好みは烏（からす）丸御池（まおいけ）近くにあるオシャレな店の餃子だ。

ショットバーで餃子。そんな店が本当にあるのだろうか。

ナビの案内どおりに歩くと、何度も通っている松原通から一本横道を入ったところにその店はあった。

『バー・クラーヌ』。入口も控えめなら、看板も見過ごしてしまいそうに小さい。外観は京町家そのものだが、どっしりとした木製のドアは客を選んでいるようだ。大きく深呼吸してから、重いドアを押した。

「いらっしゃい」

低い声で迎えてくれたのは、白髪のバーテンダー。なんか重々しい空気だ。

「こんばんは。ひとりなんですが大丈夫ですか」

おそるおそるお伺いをたてた。

「若い女性のおひとりさまは大歓迎ですよ」

バーテンダーがカウンターの真ん中に漆塗りの赤いコースターを置いた。

「ありがとうございます」

ハイチェアに腰かけると足が宙ぶらりんになった。身長があと五センチあれば。いつもそう思う。

「何にいたしましょう」

本当にしぶい声だ。

「ハイボールをお願いします」

自然とわたしの声も低くなってしまった。

「承知しました」

白髪だと思ったけど、よく見ると銀色に見える。こういうのをロマンスグレーというんだったか。

ひと筋のしわもない白いシャツに黒いベストと蝶ネクタイ。絵に描いたようなバーテンダーがアイスピックで氷を削る。その所作の美しさに見とれてしまった。

指フェチのわたしには堪えられない眺めだ。

血管の浮き出た手でしっかりとアイスピックの柄を握りしめ、小指に力を込めて氷を削る姿は実に美しい。無造作に見えるけど、きちんと計算しているに違いない。角ばった氷が見る間に丸くなっていく。

「お待たせしました」

バーテンダーは小指を立て、親指と人差し指で挟んだグラスをコースターの上に置いた。その瞬間を撮りたいと思ったけど、さすがに思いとどまった。初めて来た店でそんな写真を撮っていたら、変態だと思われてしまう。

グラスを手にすると、まん丸の氷が木琴のような音を立てた。

持ち重りのするカットグラスは、きっとバカラだ。部下の披露宴の引き出物だと言って、父がサイドボードに仕舞い込んでいたグラスがこれとよく似ている。ウイスキーのことはまるで分からないのだが、おそらく上等なお酒なのだろう。炭酸の泡と一緒にいい香りが立ち上ってくる。お店の雰囲気に合わせてハイボールを注文してしまったけど正解だった。

六席のカウンターだけの店。両端にひとりずつお客さんがいる。どうやら常連客みたいだ。バーテンダーをマスターと呼び、短い会話を交わしている。右端はわたしよりうんと若い女性。左端はわたしと同年代くらいの男性。ふたりとも赤ワインを飲んでいるのは偶然なのだろうか。

「どちらからです？」

マスターがチェイサーを置いた。

「すぐ近くなんです」

「どの辺りで」

「ここから松原通を少し西に行ったところです」

少しぎこちない答えになったのは警戒心の表れだ。

「本当にお近くなんですね」

柔和な笑みを浮かべるマスターは思ったよりも若いのかもしれない。

「どうぞごゆっくり」

それ以上突っ込んでこないのも、ある種の京都流だ。それはいいとして、問題は餃子だ。メニューらしきものは見当たらないし、どう見ても餃子があるような店には見えない。やっぱり口コミサイトの食情報なんて、あてにしてはいけなかった。

『贋作』での飲み足りなさがピッチを速めたに違いない。あっという間にハイボールを飲みほしてしまった。

「お代わりはいかがなさいますか」

押しつけがましくなく、お代わりを奨めてくれる。わたしの好きなタイプの店だ。

「お願いします」

居心地のいいお店はお酒が進み過ぎてしまう。

「承知しました。同じものでよろしいでしょうか」

五秒ほど考えて赤ワインを頼んだ。両端に合わせたわけじゃないのだが。

「どんな感じがお好みでしょう」

どんな感じと言われても、ワインのことなどまるで知らないので、どう注文していいのか。

「軽いの、重いの、渋いの、お好みに合わせてご用意いたします」

「じゃあ軽いのでお願いします」

「承知しました。少々お待ちください」

マスターはカウンターの奥にあるドアを開けた。きっと奥にワインセラーがあるのだろう。

と、少し気になり始めたのは値段のこと。

メニューがないからハイボールが一杯いくらなのか知る術もない。それはまぁ常識から大きくは外れないだろうけど、ワインとなれば話は別だ。とんでもないヴィンテージワインでも出てきたらどうしよう。ぼったくりの店ほど人当たりはやわらかいと聞いたことがある。

改めて店の中を見回すと、凝った造りだ。桔梗(ききょう)を活けてある花瓶(かびん)は、祖父がいつも自慢していた古伊万里(こいまり)の壺によく似ている。グラスはバカラだし、漆塗りのコースターだって、ひょっとすると輪島塗(わじまぬり)かもしれない。

気安く入ってしまったけど、実はおそろしく高い店かも。ワインはキャンセルしようか。でももう抜栓したからとかなんとか言って、ぼったくられるかもしれない。やっぱりまっすぐ帰るべきだったか。ちょっと後悔し始めた。

「お待たせしました。お気に召せばいいのですが」

遅かった。ブルゴーニュグラスに映える赤ワインは、いかにも高そうな色をしている。色で値段が決まるわけじゃないけど。

「マスカット・ベーリーを使った国産のワインです。香りは甘いのですが、味のバランスはとてもいいです」

たしかに赤紫色のきれいなワインからは苺かサクランボのような甘い香りが漂ってくる。少しホッとしたのは国産のワインだと聞いたからだ。もちろん国産にだって高いワインはあるかもしれないが、とんでもなく高価ということはないと信じたい。

ひと口ふくんで、その美味しさにうっとりした。

「いかがです？」

マスターが自信ありげにほほ笑んだ。

「とっても美味しいです。国産でもこんな美味しいワインってあるんですね」

少し生意気な言い方だったか。

「この二、三年で急激にレベルが上がったように思います。値段もずいぶんこなれてきました し」

値段がこなれてきた、という言葉がわたしの肩を更に軽くした。

ワインを飲むと気が大きくなるから気を付けなければいけない。あまりの美味しさについ口が滑ってしまった。

「餃子ってあります？」

その瞬間、両端のお客さんが同時にわたしを見た。こんなバーに餃子なんかあるわけないだろう、と目でバカにしている、ような気がした。余計なことを言わなきゃよかった。ワインはやめておくべきだった。そう思っても後の祭りだ。

「ノーマルとホットの二種類をご用意できますが、どちらになさいますか」

え？　え？　本当にあるの？　心の中は驚きでいっぱいだけど、そんな様子はおくびにも出さない。

「ホットでお願いします」

平然と言ってのけた。

「かしこまりました。皮からお作りしますので、少々お時間を」

マスターはさっきと同じドアを開けてキッチンの方へ向かった。皮から作るという言葉に期待はいっそう高まった。

「失礼ですが、この店の餃子のことはどこで？」

左端の男性がわたしに顔を向けた。ちょっといかつい感じもするけど、警戒しなければいけないようなタイプではない。

軽い女だと思われたくないから、ウェブの検索でヒットしたなんて言えない。

「風の噂で」

少しばかり気取ってみた。

「そうでしたか。この店の裏メニューなので、知っている人は少ないはずなんやけど」

男性が首をかしげた。

「どなたかがブログにでも書かはったんと違いますやろか」

右端の女性が言った。

「そうかもしれませんな。余計なことをしてくれはるもんです」

左右のやり取りは、わたしを責めているようにも聞こえる。わたしは両肩をちぢめた。

「すんまへん。お気を悪ぅせんといとくれやっしゃ。おたくさんのことを言うてるのと違いますさかい」

右端の女性が、カウンターに突いた三つ指のきゃしゃなこと。わたしの指フェチは性別を問わない。素直にうらやましい。わたしは武骨な手を丸めて礼を返した。

「まめ雪ちゃんの言うとおりや。えらい失礼なこと言うてすんませんでした」

左の男性もわたしに頭を下げた。若い女性は、まめ雪という名前らしいが、舞妓さんか芸妓さんか、どっちだろう。

「そんな、あやまってもらうようなことではありませんし。どうぞお気遣いなく」

わたしは首を左、右、と交互に傾けた。

「お詫びにご挨拶させてください。近くで酒屋をやってる宮永(みやなが)といいます。よろしゅうお願いします」

立ち上がった男性は名刺を差し出した。

「若宮といいます。あいにく名刺を持ち合わせておりませんが、すぐ近くの長屋で大家をしております」

「若い大家さんなんですね。あちらの女性はまめ雪さん。宮川町の舞妓さんです」

宮永が紹介すると、まめ雪さんは中腰になった。

「まめ雪どす。よろしゅうに」

千社札(せんじゃふだ)のようなシールを手渡してくれた。

サーモンピンクのワンピース。とても舞妓さんには見えなかった。舞妓さんも普段はこんな服装なのか。ちょっと驚いた。

「月に二回お休みをいただきますんで、そのときだけは髪もほどいて、こんな格好させてもろてます」

わたしの胸の内は簡単に見透かされてしまう。無遠慮な視線を向けたのかもしれないことを反省しなきゃ。

「ご近所の酒屋さんと舞妓さん。こちらこそよろしくお願いいたします」

もう一度頭を下げた。近所付き合いは大切だもの。

「長屋の大家はんて、なんとのうかっこよろしいね」

まめ雪さんが言った。

「ひょっとして『贋作』さんの長屋ですか？」

宮永さんが訊いた。

「ご存じなんですか？」

「お酒を入れさせてもろてますねん。そうですか。あの『轆轤荘』の大家さんでしたか」

「わたしが引き継いでからは『ジャスミン荘』という名前に変えたんです」

ちょっと、むっとした。

「それは失礼しました。『贋作』の次郎さんとはうちの先代からお付き合いさせてもろてます」

宮永さんがそう言うと、即座にまめ雪さんが話をつないだ。

「お昼間だけのおうどん屋さんができたそうどすなぁ」

「さすが早耳やな。之子はんいうて、べっぴんさんが打たはるんやから、そら味も格別やと思うで」

「女の人がおうどんを打たはるんどすか。白粉の匂いとかしまへんやろか」

「そんな心配はないと思うで。次郎さんも太鼓判押してはるくらいやから」

「お兄はん、いっぺん連れていっとぅくれやすな」

しばらく右と左のやり取りが続いた。

「しっかり食べてきました」

わたしがそう言うと、両側から同時に声が上がった。

「どないでした？」

ふたりの声があまりにもきれいにハモったので、三人で声を上げて笑った。

「これまでに食べたことのないおうどんでした」

「へえー、そら愉しみやな。若宮さんはどちらのお生まれなんです？」

「生まれは東京ですが、ずっとベトナムで育ちました」

「ベトナムていうたら、あのベトナムどすか？」

まめ雪さんの訊き方はちょっとヘンな気もするけど、素直に答えた。

「はい。あのベトナムです」

「行ったことないんですけど、ベトナムでも日本ふうのうどんは食えるんですか」

「はい。ほとんど讃岐うどんですけど」

宮永さんは、かなり打ち解けてきたようだ。

「うちは丸亀の生まれどっさかい、讃岐うどんで育ってきたんどすけど、こっちの柔〜いおうどんが大好きになってしもうて。コシのあるおうどんは苦手どすねん」

舞妓さんや芸妓さんとは、何人か会ったことはあるけど、こんなに気さくな舞妓さんは初めてだ。わたしが男だったら入れ込んでしまうんだろうな。とは言っても、お茶屋遊びなんて一生縁がないだろうけど。

「お待たせしました」

ずっとキッチンに入っていたマスターがわたしの前に立った。

「相変わらず旨そうな餃子や」

宮永さんが横目で見た。

「餡に豆板醤（トウバンジャン）をたっぷり入れてますが、辛さ（から）が足りなければラー油を付けてお召し上がりください」

お酢と醤油、ラー油は小さな片口に入っていて、好みに合わせて小皿で調合するようだ。染付の中皿に小ぶりな餃子が六個。マスターの性格を表しているのか、几帳面な包み方できれいに並んでいる。

両側からの視線が突き刺さってくるけど、そんなことを気にかけていたら、ちゃんと味わえない。皮どうしがくっついているのを無理やりはがして、ひと切れを口に運んだ。

食感といい、餡の味といい、これまで食べたことのない餃子だ。焼いたほうの皮がパリパリなのは当たり前だけど、しわの寄ったほうの皮のしっとり感が素晴らしい。そして具がはち切れそうな餡。

これが京都の奥深さなのだろうか。人知れず、ひっそりと佇むバーの裏メニューとされている餃子がこんなに美味しいなんて。

「美味しおすやろ」

まめ雪さんが笑みを向けた。やっぱり舞妓さんの笑顔は妖艶だ。

「はい。とっても美味し……」

最後まで言えずにむせてしまった。突然辛さが口中に広がったからだ。

ニラやニンニクは入っていない。玉ねぎの甘さに包まれた豚肉の旨みが口の中に広がる。

辛さが襲ってくるのはその直後。タバスコみたいな強烈な辛さ。

「いきなりホットやなんて勇気のある人やなぁと思うてたんです」

宮永さんが苦笑いした。

「大丈夫ですか」

マスターが冷水を注ぎ足してくれた。

「辛いものには強いんですけど、これは強烈ですね」

あまりの辛さに、額から汗が噴き出した。

「わたしが辛いもの好きなので。ノーマルでもけっこう辛いんですよ」

マスターがいたずらっぽい笑みを浮かべた。

「シゲさん、こちらの女性は次郎さんの店がある……」

マスターはシゲさんというのか。それはともかく、どうやら宮永さんは名前を忘れたようだ。

「『ジャスミン荘』です」

助け舟を出した。

「……の大家さんですわ」

「じゃあ林蔵さんのお孫さん？」

グラスを拭きながらシゲさんが訊いた。

「林蔵は叔父にあたります。若宮摩利と申します」

わたしは中腰になった。

「水島茂夫(みずしましげお)です。よろしくお願いいたします」

シゲさんがお店の名刺をカウンターにそっと置いた。

「いいお店に出会えてよかったです」

思ったままを言葉にした。

「こちらこそお会いできて嬉しいです」

大きな目に長いまつげ。やわらかな物腰。胸がキュンとなるおとなの男性だ。まっすぐ見つめられると、ちょっとどぎまぎしてしまう。

「ギャラリーにはよく伺うんです。この皿も『無寛窯』のものなんですよ」

餃子が三個残ったお皿をシゲさんが指した。

恵一さんの言うとおりだとも思う。これほど愛されているのだから、もう充分なのかもしれない。それでも、もっと有名になりたい、という欲があるのも人間というものだろう。なんて達観しているわけではぜんぜんないのだが。

それにしても美味しい餃子だ。辛さにはすぐ慣れてしまい、小ぶりとは言え、六個の餃子をじっくり味わった。これが裏メニューなら表メニューには何が載っているのか。どこにもメニューらしきものは見当たらないのだが。

「メニューってあるんですか」

思い切ってシゲさんに訊いてみると、また両端からクスッという笑い声がシンクロした。意味ありげだ。

「あるといえばあるんですが」

苦笑いを浮かべながら、シゲさんが立派な黒革のメニューを差し出した。

はがきほどの大きさのメニューブックはふたつ折になっていて、開くと一枚の和紙が挟んである。そしてそこに書かれていたのは、たったの二行。

一行目は〈お飲みもの〉、二行目は〈ライスカレー〉。これだけしか書かれていない。全部で十一文字。値段も何も書かれていない。

「こんな場所ですから、通りがかりに入ってこられるお客さんもおられませんし。気ままにやらせていただいております」

またひとつ、京都の店のすごさを垣間見た。

それほど長くはないけれど、わたしの人生の中では史上最少文字数のメニューだ。

「そう言うたら、いきなり入ってきたお客さんを見るのは半年ぶりくらいと違うかなぁ」

宮永さんはワインを飲みほして二本の人差し指を交差させた。チェックするという意味だろう。どれくらいの支払いなのか、横目で見ておこう。

「今夜はお早いお帰りで」

シゲさんが受け取ったのはどうやら千円札が二枚のようだ。

「組合のゴルフコンペがあるさかい、明日は朝が早いんですわ。ほな、おふたりさんお先に」

宮永さんが店を出て行った。

メニューにあったライスカレーも食べてみたいけど、さすがに初めて来てそれはないだろう。これを飲みきったら帰ることにしよう。その前に気になっていることを訊いておかなくては。

「お店の名前はどういう意味なんですか」

「クラーヌっていうのは、フランス語でドクロのことなんです。この辺りは昔、髑髏町という町名だったんです。『清水寺』の上のほうに埋葬場があったようですが、そこまで行くのが面倒な人たちは、死体をこの辺りに放り出していったんだそうです。それで髑髏がごろごろ転がっていたのが、ちょうどこの店の……」

シゲさんが親指を床に向けた。

「そやったんどすか。ちっとも知りまへんどした」

まめ雪さんが顔をしかめて身震いすると、シゲさんはニコッと笑った。

「今は髑髏じゃなくて、轆轤町ですから大丈夫ですよ」

気休めくらいになるだろうか。

「なんや、ひとりで帰るのが怖ぁなってきました。おかあはんに迎えに来てもらお。シゲさん、館(やかた)に電話しとぉくれやすか」

まめ雪さんは本当にシゲさんの話を真に受けたようだ。

「どちらにお帰りになるんです？　もしよかったらお送りしますけど」

なんてカッコつけてるけど、本当はわたしもひとりで帰るのが怖い。

「ほんまどすか。宮川町どすねんけど」

「同じ方向ですから一緒に帰りましょう」

「おおきに。おねえはんと一緒やったら安心どすな」

安心というのはどういう意味かは訊かずにおいて、とりあえず送っていくことにした。普段着とは言え、舞妓さんと一緒に歩くという機会もそうそうあるものではない。

気になっていた支払い額は、だいたい予想したとおりだった。けっして安いとは言えないが、美味しい餃子も食べて、お酒もしっかり飲んだにしては、値ごろだったと思う。

少しひんやりするけれど、歩くにはちょうどいい気候だ。『バー・クラーヌ』を出て、松原通まで出ると少しは人通りもある。

暗い夜道を舞妓さんと肩を並べて歩いている。同性なのに胸がどきどきするのはどうしてなんだろう。

「無理やり引っ張ってしもうてすんまへん。うち、昔から怖がりどすねん」

バーにいるときはそうも思わなかったが、こうして見ると、まだあどけない少女だ。

「今おいくつなんですか」

無遠慮に訊いてみた。

「もうすぐ二十一になります。そろそろ襟替(えりか)えさせてもらわんなりませんねん」

「襟替えって？」

「舞妓からひとり立ちして芸妓はんになることどす」

「舞妓さんになって何年くらい？」

「四年になりますやろか」

「ていうことは十七歳で舞妓さんになったんだ」

「うちは遅おしたんです。普通は中学を卒業してすぐ舞妓になりますさかい」

「十五歳で舞妓になるんですか」

「たいていそうどす」

「舞妓さんの修業って厳しいんでしょ？　若いのによく耐えられるね。まだお母さんに甘えたい歳じゃない」

「好きで舞妓になったんどすさかい、泣きごとは言えしまへん。京都に来てから、まだいっぺんも丸亀に帰ったことおへんのどすえ」

「え？」

言葉を失ってしまった。十七歳で故郷を離れて四年間、一度も親の顔を見ていない。寂しいと思わないのだろうか。どうして我慢できるんだろう。

この世にいないからあきらめているが、もし両親が生きていたら月に一度はベトナムに帰っているに違いない。いないと分かっていても会いたくてしかたないのだから。

「泣きとうなることは、しょっちゅうあります。けど自分で選んだ道どすさかい」

まめ雪さんの横顔はなんとも凜々しい。

泣き虫のわたしは、こういう話にも弱い。泣きそうになるのを必死でこらえた。

わたしが男だったら旦那になって身上をつぶしてしまうかもしれない。とてもそんな甲斐性はないだろうが。

「おおきに、おねえはん。もうそこどっさかい、ここで大丈夫どす。おねえはんとこは、この路地の奥どっしゃろ」

通りの角っこで、まめ雪さんが言った。

なんのことはない。送ってもらったのはわたしのほうだったんだ。

「本当にここでいいの？　置屋さんまで送るつもりなんだけど」

「おおきに。ほんまにすぐそこどすし。もう怖いことおへん。なんぞあったら大声出します」

まめ雪さんが笑顔を見せると、また泣きそうになった。なんて健気な女性なんだろう。わたしよりも年下なのにわたしを気遣ってくれる。

まめ雪さんが勢いよく駆け出すと、あっという間にピンクのワンピースは見えなくなった。唐突だけど、わたしの頭に浮かんだのは『西遊記』だ。わたしが孫悟空で、京都という街や人がお釈迦さま。いつも孫悟空はお釈迦さまの掌で遊ばされている。古くからの京都人はもちろん、京都に移り住んでたった四年にしかならないような若い女性でも、わたしを掌で包み込んでくれる。ピンクの背中を見送って、なんだかじーんときた。

雲の動きが速い。青いお月さまが顔を出したと思えば、あっという間にかくれてしまう。『ジャスミン荘』の狭い路地が白く輝き、やがて濃い紫色に染まる。お天道さまだけじゃない。お月さまにも恥じないように絶対がんばる。固くそう誓って、気持ちよく眠りに落ちた。

まさか三日後に『ジャスミン荘』でひと騒動起こるとは思いもせずに。

3.

　サイレンの音で目が覚める朝ほど気分の悪いものはない。時計は六時半を指していた。

『ジャスミン荘』の路地を走り回る音がする。ただごとではない。急いで着替えだけ済ませ、すっぴんのまま表に出た。

「おはようございます。お騒がせしてすみません」

　トレンチコートを着たヒガシが声をかけてきた。

「何かあったんですか」

「〈三番〉の河井寛子さんから通報がありまして、ギャラリーの中が荒らされていたと」

「盗難事件ですか？」

「というより器物損壊といったほうがいいでしょうね」

「寛子さんは？」

「今、主任が事情を聞いているはずです」

　鬼塚が来ているとなると、また厄介なことになりそうだ。

　と、ふと気付いたのだが、まだ顔も洗っていないし、寝ぐせもついたままだ。ひょっとすると顔にシーツの跡がついているかもしれない。今さら遅いかもしれないけど、慌てて両手で顔を覆い〈一番〉に戻った。

「ちょっと支度してきます。また後で」

それにしても、このひと月ほどの間に、何度警察が来たことか。またお祓いに来てもらわないといけない。冷たい水で顔を洗いながらそう思った。

鏡に向かうと案の定、顔の右側にシーツのしわの跡が縦に走っている。ヒガシは気付いただろうな。

なぜ無防備なすっぴんのまま、ヒガシと立ち話ができたのか、と考えていて、恵一さんの存在に行きあたった。

三日前に出会ってから、わたしの胸の中では少しずつ恵一さんへの思いが広がっている。横顔、指先、そして声。一日のうちに何度それらを思いだすだろうか。そして思いだす度に、胸が切なくなってしまう。間違いなくわたしは恋に落ちた。

自分では意識していないが、心の中でヒガシが占める面積が減ったことで、無防備になってしまったのだと思う。本当にヒガシには申し訳ない。

――なんて移り気な女――

アイラインを引きながら、かっこつけて鏡に向かってそうつぶやいてみたけど、まるで似合っていない。たぶんヒガシはなんとも思っていないだろうしな。

そんなことより〈三番〉だ。盗難ではなく損壊だというから、器が割られたということなのか。つまりはイタズラか嫌がらせ。でも〈三番〉はいつも鍵がかかっているし、隣だから割れる音に気付くはずだ。ゆうべは夜中にドスンという音で目が覚め、地震かと思ったけど、二度ほど音がした後は何も起こらなかったので、いつの間にか眠ってしまっていた。それと関係あるのかどうか。

『ジャスミン荘』の中で起こったことは、大家であるわたしにも責任の一端がある。なんとしても早く解決しなければ。コーラルピンクの口紅を濃いめに引いて気合を入れた。とにかく〈三番〉に行ってみよう。

殺人事件のときほどではないが、それでもたくさんの警察官が行き来している。中でも玄関周りには何人もが群がっている。〈鑑識〉という腕章を付けた人たちは、地べたを這っている。

「鑑識さんの仕事が済むまで待っててくださいね」

ヒガシがやさしい言葉をかけてくれた。

「被害は大きいんですか?」

「まだ全容は把握できてませんが、たくさんの作品が割られたようです」

鑑識さんの作業を見守りながら、ヒガシが話してくれた。

「鍵がかかっていたはずなんですが」

「鍵は壊されていたようです」

『ジャスミン荘』は昔ながらの造りだから、それほど頑丈な鍵ではない。留さんなんかは針金一本で簡単に開けてしまう。なんてことを言ったら留さんが疑われるから、ヒガシには黙っていよう。

「心当たり、なんてないですよね」

「盗みが目的じゃないとすれば、ただの嫌がらせか、それとも寛子さんや『無寛窯』に恨みを持っている人のしわざですかね」

「そんなところでしょうね。お弟子さんもたくさんおられるようですし」

ヒガシはお弟子さんを疑っているようだけど、まさか恵一さんもそのひとりに入っていたりはしないだろうな。ちょっと心配になってきた。

「終わったみたいですね」

鑑識の人たちが道具箱みたいなものを持って、ワゴン車に乗り込むのを見て、ヒガシが〈三番〉に向かった。

「ついていってもいいですか?」

「もちろん。大家さんにもお話を聞かないといけませんし」

玄関に張られた黄色いテープをくぐって中に入ると、大きな段ボール箱が三つ置かれているだけで、器は影も形もなかった。きっと割れた器が散乱して、目も当てられない状況だろうと予想していたので、少し拍子抜けしてしまった。

「もうお話は終わったんですか？」

ヒガシがそう訊いたのは、鬼塚がギャラリーの隅っこに置かれた小さなテレビに見入っているからだ。

「事情聴取はヒガシにまかせる。こんなチンケな事件、わしが出るまでもない」

鬼塚はテレビの画面を見たまま、そう言った。

「え？　じゃあ今まで何をなさってたんですか」

ヒガシが驚いたように目を見開いた。

「ああやって、ずっとテレビをご覧になってました」

寛子さんが憮然とした表情で答えた。

「…………」

ヒガシはもちろん、わたしも言葉が出ない。

テレビに映っているのは朝のワイドショー番組だ。椅子に座った鬼塚は足を投げ出し、コメンテーターの言葉を聞いて鼻で笑ったりしている。わたしが上司なら即刻降格処分にしてやるのだが。

「そういうことらしいので、よろしくお願いします」

ヒガシが手帳を開いて、ペンを持った。

「わたしもここにいていいですか」

「かまいませんよね？」

ヒガシの問いかけに寛子さんは黙ってうなずいた。

「まずは発見されたときのことからお聞かせください」

「昨日の夜に搬入しておいた作品を陳列しようと思って、朝一番にここに来て段ボール箱を開けましたら、こんな状態でして」

寛子さんが指差した段ボール箱からは、割れた器が顔を覗かせている。

「それを見てすぐに通報なさったんですね。でも運ぶ途中で割れた可能性もあると思いますが」

ヒガシが突っ込みを入れた。

「昨日この箱に詰めるときに確認しましたから、わたしが梱包するまでは割れたりはしていませんでした。その後こちらへ運ぶときは三人の弟子たちと一緒に、慎重に運び入れましたから、途中で破損することは考えられません。これまでに何度もこの作業を繰り返してきて、こんなことは一度もなかったんです」

寛子さんが顔を曇らせた。

「こちらに搬入されたのは、昨夜の何時ごろでしたか？」

「宇治の窯を車で出たのが夜の十時前でしたから、おそらく十時半くらいかと思います」

「で、通報いただいたのが、今朝の六時十三分。その間に誰かが侵入して犯行に及んだ。そう考えておられるんですね」

ヒガシの問いかけに、少し間をおいてから寛子さんが首を縦に振った。

「玄関の鍵を開けようとしたら、無理やりこじあけたような跡があって。嫌な予感がしたので、すぐに段ボール箱を開けてみたら、こんなことになっていて」

寛子さんが肩を落とした。

「そんなアホな話があるかい」

鬼塚が大きな声を出したのに驚くと、どうやらテレビのコメンテーターに向かって言っているようだ。近くに何も投げつけるものがなくてよかった。

笑い声を上げている鬼塚に、ため息をひとつついてから、ヒガシは寛子さんに向き直った。

「おおよそでいいのですが、被害額はどれくらいになりそうですか」

「上代でいうと二、三百万円くらいですやろか」

ときどき寛子さんは京言葉を使う。何か法則があるのだろうか。
二、三百万円。けっこうな金額だということは、よほどの恨みを持っていた人物のしわざに違いない。わたしなら、壊さずに盗んでいく、と思ったのは不謹慎だな。
「何か心当たりはありませんか」

ヒガシが寛子さんに訊いた。

「まったくありません。と言いたいところですが……」

こういうときは〈奥歯に物が挟まったような〉でいいのだったか。

「何か気になることでも？」

ヒガシが食いついた。

「わたしはこれまで、たくさんの弟子を育ててきました。今やわたしより有名になった作家も少なくありません。ただ、中にはわたしのことを恨んでいる人もいると思います。わたしが認めなかったことで、陶芸展に出品できなかった弟子なんかは、きっと逆恨みしているでしょうし、伸び悩んでやめていった弟子の中には、わたしの指導の仕方が悪かったから、陶芸家になれなかったと思っている者もいるでしょう」

寛子さんが床に目を落とした。

「そういう方たちのリストを、提出していただけるとありがたいのですが」

「それはちょっと……」

寛子さんがためらうのも当然のことだ。自分が教えてきたお弟子さんを、容疑者として選び分けるようなものだから。

「素人が口を挟むようで申し訳ないのですが、その犯人はなぜ箱のまま割ったんでしょう。もしも恨みを晴らすのだとすれば、ひとつずつ作品を取り出して割ったほうが気が済むように思うんですけど」

「それだと音がして、近所の人に気付かれるからだろうと思います。箱が防音装置の役割をしたのでしょう。現に隣の部屋に住んでいる摩利さんですら、器が割られたことに気付かなかったでしょう？　それは、犯人が段ボール箱ごと破損させたからです」

わたしの疑問をヒガシが即座に解いてみせた。さすがヒガシ。やっぱりこの男もいいな。

「いずれにしても、通りすがりの犯行だとは考えにくいですし、アリバイも含めて関係者の方々にお話を聞かせてもらうことになります。まずは、今いらっしゃるお弟子さんのリストをお願いします」

これなら寛子さんも拒むわけにはいかないだろう。となると当然のことながら恵一さんもリストアップされるわけだ。

まさか、とは思うが、恵一さんは最近の寛子さんのやり方に批判的だったし、動機がないとは言えない。ひょっとして恵一さんが犯人だとすれば、ヒガシと対決することになる。運命のイタズラにしては酷過ぎる。板挟みになったわたしは、どう対処すればいいのだろう。そんな心配が現実になりそうな気がしたのは、玄関に張られた黄色いテープの向こうに恵一さんの姿が見えたからだ。

「寛子先生、入ってもいいですよね」

制服を着た警察官に制止されながら、恵一さんが大声を上げてアピールしている。

「どなたですか?」

振り向いてヒガシが寛子さんに訊いた。

「弟子の立原です。彼も昨夜ここに搬入するのを手伝ってくれました」

寛子さんが素っ気なく答えた。

「どうぞ入ってください」

一瞬の間をおいてから、ヒガシが恵一さんに向かって声を上げた。

これからどんな展開になるのか。わたしの心臓は破裂しそうに波打っている。

でも、もしも恵一さんが犯人だとしたら、自分からわざわざやってこないはずだ。師匠である寛子さんのことが心配になってやってきたのだろう。そう思うといくらか気が楽になった。

「大変なことになったんですよ。昨夜運んできた器が割られてしまって」

寛子さんが段ボール箱を指差した。

「すみません、先生。割ったのは僕なんです」

あっさりと恵一さんが言った。

「え？」

わたしと寛子さんと、そしてヒガシは顔を見合わせて、ほぼ同時に声を上げた。

まさか、そんな……。やっぱり、という思いも少しはあるけど。

「うそでしょう？　こういうときに悪い冗談を言ってはいけません」

寛子さんが薄笑いを浮かべた。

「冗談でも、うそでもありません。僕がやったのに間違いありません」

恵一さんは言葉に力を込めた。どういうことなのか。わたしにはまったく理解できない。

わたしだけじゃない。みんな同じだろうと思う。

「立原さん、でしたか。今おっしゃったことに間違いはありませんか」

ヒガシがたしかめた。

「はい。僕がやりました」

恵一さんは悪びれる様子もない。

「なぜ、あなたはそんなうそをつくの」

寛子さんが血相を変えた。

「うそではありません。本当のことを言ってるだけです。昨日の夜中ここに来て、段ボール箱を床に叩きつけました」

恵一さんは淡々と告白した。その様子はうそをついているようには見えない。今にして思えば、地震だと思ったのはその音だったのか。

「それが事実だとして、立原さんはなぜそんなことをされたのですか?」

わたしが訊きたかったことを、ヒガシが代わりに訊いてくれた。やっぱりこの男とは気が合う。

「大家さんにはお話ししましたが、最近の寛子先生はすっかり人が変わってしまった。それが作品にも表れていることを感じたのです」

恵一さんの言葉に反論することなく、寛子さんは黙って聞いている。

「先生が一から作り上げたのではなく、ほとんど弟子の手になるものに、最後に少し手を入れただけの器を、河井寛子という名前で売って欲しくなかった。だから割るしかなかったんです」

　恵一さんは泣きそうな顔で唇を噛んでいる。これを師弟愛というのだろうか。

「どういう理由があったにせよ、破損させて被害を与えたことに変わりはありません。罪を犯したことは認めますね」

　ヒガシの言葉に、恵一さんは深くうなずいた。ということは、恵一さんは警察に連れて行かれるのだろう。

　悪い予感が当たった。わたしを間にして、ふたりの男が相反する立場に置かれる。なんて皮肉な話なんだ。わたしはこういう星の下に生まれてきたのか。

「恵一の言ってることはうそです。器を割ったのはわたしです」

　寛子さんの言葉に唖然としたのはわたしだけではない。ヒガシも恵一さんも、そして鬼塚もだ。

　リモコンでテレビを消し、鬼塚が寛子さんの傍に立った。

「やっと白状したか。最初からそう言うたら、こんな手間をかけんと済んだんや」

　ずっとテレビを観ていたくせにどんな手間だ、と突っ込みたい気分だが、今はそれどころではない。

「お母さん、何を言ってるんですか。割ったのは僕に間違いありません。本人が言ってるのですから」

は？　お母さん？　わたしの聞き違い？

まるでジェットコースターに乗っているような気分だ。上ったり下ったり、右かと思えば左に振られ、意外な展開の連続についていけない。

「恵一は、小さいときから思い込みの激しい子どもだったから、そう思いたいのかもしれないけど、割ったのはお母さんなの」

「お母さんがなんと言おうと、夜中に合鍵を使って入り込んで、段ボール箱を床に叩きつけたのは僕です。きっと隣の大家さんがその音に気付いたはずです」

とりあえず、黙ってうなずいておいた。

「子どものときから何度も言ってきたでしょう。うそはついちゃいけない、って」

「うそじゃない。僕がこの手でこの箱を……。そうだ。刑事さん、調べれば分かるはずです。この箱に僕の指紋が残っています」

「一緒にこれを運んだのだから恵一の指紋が付いていても当然でしょ」

まるでテニスの試合を観ているかのように、ヒガシの顔が左右に動くのに対して、ふたりの話にはまったく興味がないのか、鬼塚は何度も大きなあくびをしている。

「どっちもうそをついとらん。ふたりとも犯人や」

鬼塚がそう言い放った。

きっとわたしの脳みそは、洗濯機の中みたいにぐるぐると渦巻いているに違いない。〈三番〉に突然入ってきたかと思うと、いきなり恵一さんが自分の犯行だと言い出し、それを否定した寛子さんが自分のしわざだと言い、そしてふたりは母と息子の関係だというのだ。更に鬼塚の話だと、ふたりともが犯人？　めまいがしてきた。

「立原というたな。おまえは梱包する前の作品を見たんか？」

鬼塚が訊いた。

「もちろんです。僕が作ったものもたくさんあるのですから」

恵一さんが答えた。

「そんなことを訊いとるんやない。箱詰めする直前のもんを見たんか、て訊いとるんや」

「いえ、それは……。梱包は母、いや寛子先生がひとりでなさったので……」

恵一さんが寛子さんを横目で見た。

「あんたは、元々割れとったもんを段ボール箱に詰めた。そやな」

鬼塚が声を張り上げて迫ると、寛子さんはこっくりとうなずいた。

「母さん、なぜ。なぜそんなことを」

恵一さんが顔を歪めた。

わたしも同じ思いだ。なぜ自分の作品を割っておいて、それをここに運んできたのか。何を思って寛子さんはそんなことをしたのか。そしてこのふたりは本当に親子なのか。疑問は山ほどある。

「わたしだってバカじゃないんだから、恵一が思っていることはよく分かるし、そのとおりだと思う。ただ今のまま続けていても、立原恵に立ち向かうどころか、足元にすら及ばない。一部の数寄者だけの器という土俵では敵うわけがないの。だからもっとポピュラーな器、誰でもが親しめるような器を作っていこうと思ったのよ」

「なんでお父さんと勝負しなけりゃいけないんだよ。そのことが原因で離婚したのに、まだそんなことを……」

　立原恵がお父さんで、寛子さんとは元夫婦だった。なるほど、そういうことだったのか。と言っても立原恵という人のことはよく知らないのだが、著名な陶芸家であることだけは分かった。つまりその立原恵という人と寛子さんの間に生まれたのが恵一さんで、両親は夫婦でありながらライバル。それが離婚の理由にもなった。その板挟みになった恵一さんは、本当にかわいそうだ。

「好きで一緒になったのに、あんな形で別れることになってしまった。立原恵は、あのころと変わらず、玄人好みの器を作り続けて、高い評価を受けている。評価額はわたしとは比べものにならない。わたしは負け犬のまま終わりたくない。そう思って路線変更をしようと思ったのだけど、やっぱりできなかった。だから器を割ってしまった……」

　寛子さんは、うつろな目をして語った。

「お父さんはごく一部のコアなファンだけに向けて器を作り続けている。最初のころはそれでいいと思ったけど、僕はそんな器作りをしたくない。そう思って父の窯を飛び出して、お母さんに弟子入りした。でも、それは河井寛子という陶芸家に憧れたからで、量産品を作る窯に弟子入りしたんじゃない」

　恵一さんも同じような目で語った。こうして見れば、ふたりはよく似ている。たしかに母と子なのだ。

「あなたが弟子入りしたいと言って、宇治にやってきたときは本当にびっくりした。そして嬉しかった。立原と別れたものの、わたしの力であなたを養っていく自信なんかまるでなかった。あなたを立原の家に置いてゆくのは、身を切られるような思いだったけど、そうするしかなかった。きっとあなたはわたしを恨んでいるだろうと思ったから、来てくれて本当に嬉しかった。あの日のあなたの顔は一生忘れないと思う」

　寛子さんが恵一さんの目をまっすぐ見つめた。

　親子というのは本当に不思議なものだ。長い間離れ離れになって暮らしていても、魅かれ合い、こうしてまた一緒になる。でも、そのまま平穏に暮らしていけるかというと、けっしてそうはいかない。こんな形で対立することになってしまう。

「親子の告白ごっこは、もうその辺でええやろ。くだらん茶番をいつまでも見とられん。ヒガシ、ふたりを連れて行け」

鬼塚が水を差した。

やっぱり連行されるのか。でも、どういう罪になるんだろう。

「警察が捜査に乗り出した以上、このまま曖昧にして幕を引くことはできないんです。おふたりには、とにかく一度、署のほうに来ていただいて、詳しくお話を聞かせていただきます。大丈夫、ご心配には及びませんから」

ヒガシがふたりにやさしい声をかけている。女はこういうやさしい男に弱い。

「お手数をおかけします」

寛子さんが頭を下げると、恵一さんもそれに続いた。

「ひと晩くらい泊まるのも悪くはないぞ」

鬼塚は、ひとこと余計に付け加えないとおさまらない性格だ。

連行というような感じではなく、連れだってどこかへ行くかのように、母と息子は軽やかな足取りで路地を出て行った。

殺人事件から始まって、次々といろんな事件が起こったけど、考えてみれば、どれも親子の思いのすれ違いがきっかけになったように思える。

龍嵜さんのときは父と娘だったし、之子さんのときも同じ、そして寛子さんのところは母と息子。お互いに固い絆で結ばれているからこそ、起こった事件だった。

親も子もいないわたしには、起こそうと思っても起こせない事件。

少しばかり寂しい思いをしながら、ヒガシとふたりの親子の背中を見送った。

エピローグ

わたしと鬼塚のふたりだけが〈三番〉に残されていた。

「鬼塚さんはどうして寛子さんが自分で壊したと思ったんです？」

一番気になっていたことを訊いた。

「理由はふたつある。ひとつはあの箱や」

鬼塚が段ボール箱を指した。

「あれがどうかしたんですか？」

「この現場に来たとき、河井寛子は、封を開けて上のほうだけしか見とらんかった。自分が作った大事なもんやったら、底の底までたしかめるのが普通やろ。それをせんと上だけ見て通報するっちゅうのは納得がいかん。中のほうまで全部割れてることを知ってるさかい、そうしたんや。わしのような名刑事にはすぐに分かった。自分で割ったと白状しとるようなもんやないか」

「ふたつ目は？」

「梱包に使うてたガムテープの内側に、割れた陶器の細かい破片がいくつか付いとった。梱包した後に、中の陶器が割れたんなら、そんなもんがガムテープに付くはずがない」

意外にも鋭い洞察力を持っているのに驚いた。ずっとテレビを観ていたのは、余裕があったからなのか。ちょっと鬼塚を見直した。

「あのうどん屋はまだ開いとらんのか」

よほど空腹なのか、鬼塚のお腹が大きな音を鳴らした。

いつもの鬼塚らしさに、気持ちがほっこりするのはなぜだ。

どうやら鬼塚は『麺屋倉之介』のおうどんが気に入っているようだが、開店まではずいぶんと時間がある。

「まだまだですよ。おうどんだったら『六原食堂』も美味しいです。たしか、あそこなら九時から開けてますし」

「摩利はまだ知らんのか。あの店は休業中や。そのまま廃業するかもしれんがな」

「本当ですか？」

「警察官はうそをつかん」

「佐吉さんが身体でも壊したんでしょうか」

「この長屋のうどん屋のせいや。あの店ができたせいで、客足がぱったり途絶えたらしい。このままでは立ちゆかんというて店を閉めとる」

少なからずショックを受けた。あのおうどんを食べられないこともだが、之子さんのせいで店仕舞いしたということに、だ。『京麺しづか』のせいで、『倉うどん』が廃業に追い込まれ、その跡を継いだ『麺屋倉之介』のせいで『六原食堂』が店を閉める。こういうのも輪廻(りんね)転生(てんしょう)といっていいのだろうか。

「おまえは料理はせんのか」

また、おまえ、だ。

「料理くらいできますよ」

「うどんを食わせろ。腹が減って死にそうや」

どういう神経をしていればこんなことを平然と言ってのけることができるのか。あきれてものが言えない。

なぜわたしが鬼塚のためにおうどんを作らなければいけないのか。と思いながらも、鬼塚について〈一番〉へ向かっている自分がよく分からない。

「具は要らん。ネギだけ入れろ。あったかいうどんやぞ。冷たいうどんなんか食わんからな」

ちゃぶ台の前で鬼塚はあぐらをかいて新聞を広げた。

今さら引き返せない。こうなったら腕によりをかけて、――どうだ、まいったか――というくらい美味しいおうどんを食べさせてやろう。

こういうときのために昆布とかつお節から取ったお出汁と、『冨美家』のおうどんが冷凍してある。ネギさえ刻めばあっという間にでき上がりだ。

「ほう。えらい手際がええやないか。ヨメにしてやってもええけど、手遅れやな」

割り箸を割って、鬼塚がおうどんを食べ始めた。

ちゃぶ台を挟んで向かい合う鬼塚とわたし。なんだ、この奇妙な時間は。

「お口に合いますか？」

「合わんことはない」

相変わらず減らず口をたたきながら、鬼塚は麺の一本、お出汁の一滴も残さずおうどんをさらえた。

「この長屋が平穏無事なんも、わしがこうやって、にらみをきかしてるからや。感謝のしるしとして、摩利はこれからもわしに旨いもんを食わせる義務がある」

理屈をこねて、自分のいいように立場を逆転させるのも鬼塚の得意技だ。分かっていても言いくるめられてしまう。

「こんなものでよければいつでもお作りしますよ」

「女は素直で、料理上手やないとあかん」

たとえ鬼塚でも、ほめられると嬉しい。

「おはようさん。摩利さん、いてはる？」

玄関から珠樹さんの声がする。

急いで引き戸を開けると、珠樹さんの隣に圭子さんも立っていた。

「今度ふたりでコラボすることにしたん。イベントもするさかいに伝言板にポスターを貼らしてもろてもええやろか」

珠樹さんが手作りのポスターを広げた。

「『しぁんくれーる』さんのコーヒーに合うお菓子を作ったんです。まだ試作品ですけど、ちょっと食べてみてください」

圭子さんが小さな箱の蓋を開けると、愛らしい干菓子が見えた。

「ええとこに来た。茶でも飲んでいけ」

鬼塚が手招きした。

「どういうこと？　まさか摩利さん……」

眉をひそめた珠樹さんが、わたしの耳元でささやいた。

「誤解しないでください。行きがかり上、こうなっただけですから」

「行きがかり、いうのがくせもんやねん。あんな男の毒牙にかかったらあかんえ」

「そんなとこでごちゃごちゃ言うてんと、早ぅその菓子を持ってこっちへ来い」

狭い茶の間で、ちゃぶ台を囲んで四人のお茶の時間が始まった。

「なんかええ匂いがしてますけど……」

圭子さんが鼻を鳴らした。

「摩利がわしにうどんを食わしたいと言うさかい食うてやった。そこそこのうどんを作りよる」

話をねじ曲げるのも鬼塚のいつものやり方だ。

「『柳桜園』のほうじ茶を使うてはんの？　うちは昔から『一保堂（いっぽうどう）』やねん」

珠樹さんが茶筒を手にした。

「こんな菓子は無理にコーヒーに合わさんでええ。和菓子には茶や。昔からそう決まっとる」

「こんなセンスのないオヤジの言うこと聞かんときや。たぶん脳みそにカビ生えたぁるねん」

「なんでもかんでも、新しいことしたらエエと思うとるのは田舎もんのしるしや」

「田舎もんで悪かったなぁ。うちは天皇さんと同じ育ちですねんわ」

鬼塚と珠樹さんのやり取りを横で聞きながら、圭子さんが笑っている。

「そうそう、河井さんとこで、なんや騒ぎがあったんやてな。うちらは昨日の晩から圭子さんの実家でこれを作ってたさかいに、ちっとも知らんかったんやけど」

珠樹さんと圭子さんがうなずき合った。

「大きい親子ネズミが二匹おった」

鬼塚がさらりと言った。

「ネ、ネズミがこの長屋にいてるん？　摩利さん、あかんやんか。不衛生やし、気持ち悪いし。すぐにネズミ捕りを買うてきて」

珠樹さんが震えながら言った。

「ネズミくらい獲って食うような顔しとって、何が気持ち悪いねん。あんたの顔見たら向こうが逃げていきよるわ」

鬼塚の言葉に圭子さんがクスリと笑った。

「何がおかしいんやな」

珠樹さんが矛先を変えた。

ベトナムの家ではリビングがお茶の間の代わりをしていた。父と母と、そして隣近所の人たちがたまにやってきては、こんなふうに他愛のない話をよくしていた。今それを懐かしく思いだしている。

両親が急にこの世を去ってからは、リビングはわたしひとりだけの部屋になってしまい、テレビから聞こえてくる声以外に、会話と呼べるものはまったくなかった。そしてそれはここに越してきてからも同じだった。

留さんや次郎さんが訪ねてきてくれたことはあったが、それは用件があったからで、こうして集うことはまだ一度もなかった。

三人のやり取りを前にして、なんだかわたしは今日、ようやく人並みの大家になったような気がした。

――わたしの『ジャスミン荘』――

そっと、そうつぶやいてみた。それはさざ波のようなもので、大波にも似た、三人のざわめきの中に、すーっと引き込まれていった。

そう。『ジャスミン荘』はわたしだけのものではなく、みんなのものだ。

みんなの大事な『ジャスミン荘』は、わたしがちゃんと守ってゆく。改めてそう誓うと、水屋の上に置いた写真の林蔵が、にっこりと笑った。

この作品は書き下ろしです。原稿枚数408枚（400字詰め）。
JASRAC　出1606724-601

五条路地裏ジャスミン荘の伝言板

柏井壽

平成28年8月5日　初版発行

発行人――石原正康
編集人――袖山満一子
発行所――株式会社幻冬舎
〒151-0051東京都渋谷区千駄ヶ谷4-9-7
電話　03(5411)6222(営業)
　　　03(5411)6211(編集)
　　　振替00120-8-767643
印刷・製本―錦明印刷株式会社
装丁者――高橋雅之

幻冬舎文庫

ISBN978-4-344-42506-4　C0193　　か-44-1

幻冬舎ホームページアドレス　http://www.gentosha.co.jp/
この本に関するご意見・ご感想をメールでお寄せいただく場合は、
comment@gentosha.co.jpまで。